CONSPIRATION 365

Gabrielle Lord

Traduit de l'anglais par Ariane Bataille

CONSPIRATION 365

JANVIER

RAGEOT

Couverture : La cidule*grafic/Nathalie Arnau.

Suivi de la série : Claire Billaud et Guylain Desnoues.

ISBN 978-2-7002-3408-4

Cet ouvrage a d'abord paru sous le titre *Conspiracy 365 : January*
chez Scholastic Australia Pty Limited en 2009.
Cette édition est publiée avec l'accord de Scholastic Australia Pty Limited.

À Cassie Rose McDonald.

Je m'appelle Cal Ormond,
j'ai quinze ans,
je suis un fugitif...

PROLOGUE

31 décembre,
jour de la Saint-Sylvestre

Flood Street
Richmond, Australie

11:25

C'est la cape noire ondulant comme une menace derrière l'étrange silhouette qui a attiré mon attention. Dès que je l'ai vue, je me suis arrêté net. Quelle était cette chose, ou cette créature, qui remontait ma rue en titubant ? La Mort ?

Je revenais d'une partie de foot avec mon ami Boris. Je devais aider ma mère à charger la voiture avant notre départ pour ce qu'elle appelait « la traditionnelle mascarade du nouvel an à la baie des Lames ». Le pauvre Boris, lui, resterait à la maison avec sa mère et sa grand-mère qui s'efforceraient sans doute de ne pas s'endormir avant la retransmission du feu d'artifice à la télé. De mon côté, la soirée serait plus rude, mais au moins nous serions loin de toutes ces réjouissances, sur le bateau[1].

La forme mouvante au bout de la rue se rapprochait rapidement. C'était, en fait, un homme d'allure insignifiante qui grommelait tout seul. Vêtu d'une espèce de robe de chambre noire, il titubait comme s'il était ivre et ne parvenait pas à garder son équilibre. Je m'apprêtais à traverser la rue pour l'éviter quand, la peur au ventre, j'ai compris que c'était à moi qu'il en voulait ! Il criait :

– Cal ! Cal Ormond !

Les yeux exorbités, il arrivait sur moi clopin-clopant en agitant les bras devant lui.

Une sirène s'est mise à hurler au loin et, quelques secondes plus tard, une ambulance a débouché à l'angle de ma rue, gyrophare allumé. Elle se dirigeait vers nous à toute allure.

Le fou me touchait presque. Je sentais son haleine fétide.

– Méfie-toi, Cal ! a-t-il bafouillé, la bave aux lèvres. Ils ont tué ton père. Ils sont en train de me tuer !

Mon cœur s'est arrêté de battre. Qui était ce type ? Faisait-il allusion au virus ? L'évocation de

1. En Australie, comme dans tout l'hémisphère Sud, les saisons sont inversées. Le nouvel an tombe en été, il fait chaud, c'est la période des grandes vacances.

mon père a ravivé en moi une douleur si fulgurante que j'en ai eu le vertige.

– Qui êtes-vous ?! Comment connaissez-vous mon père ?

L'ambulance s'est arrêtée devant nous dans un crissement de pneus ; avant que l'homme n'arrive à ma hauteur, deux infirmiers en ont jailli. Le premier l'a plaqué au sol pendant que le deuxième sortait quelque chose de sa sacoche. Couché sur le trottoir, le fou s'agrippait désespérément à mon pied.

– Qui êtes-vous ? ai-je crié. Personne n'a tué mon père... il était malade !

– Écartez-vous, jeune homme, a dit le premier infirmier à la carrure de lutteur. Il divague.

Maintenu au sol, l'homme ne pouvait pas se redresser, mais lorsque le second infirmier a enfoncé de force une seringue dans son bras décharné, il a réussi à se tordre vers moi. J'ai vu son visage se convulser et les veines saillir de son cou.

Tout en me fixant, il a soufflé :

– La Singularité Ormond. Ne la laisse pas te condamner, mon garçon ! Va-t'en ! Fuis ! Cache-toi et ne réapparais pas avant le 31 décembre de l'année prochaine à minuit. Tu ne connais pas tes adversaires. Écoute-moi ! Je t'en supplie ! 365 jours, Cal. Tu as 365 jours !

– 365 jours avant quoi ? Quels adversaires ?

Les élucubrations sinistres de ce fou m'avaient complètement ébranlé.

– Mais de quoi parlez-vous, enfin ? Qu'est-ce que c'est cette Singularité Ormond ? Comment savez-vous qui je suis ? Dites-moi qui vous êtes !

L'infirmier s'est glissé à côté de moi avec un brancard et m'a écarté.

– Notre patient est très malade, son cerveau est atteint. On s'en occupe, ne restez pas là !

Avec une force surhumaine, le malade s'est dégagé des mains des infirmiers. Les yeux agrandis par la terreur, il a dit :

– Si tu ne disparais pas, tu devras leur échapper pendant une année entière ! Tu te rends compte de ce que ça signifie ? Ils te chercheront pendant 365 jours ! Semaine après semaine ! Jour après jour !

Ma peur et ma confusion ne faisaient que croître. Ils ? Qui ils ?

– Mais de quoi parlez-vous ? Qui me cherche ?

Le sursaut d'énergie du malade a pris fin quand les infirmiers l'ont ligoté sur le brancard. Sa tête est retombée d'un côté, il a cligné des paupières, comme pour lutter contre le sédatif qui envahissait son sang, et il a ajouté dans un murmure rauque et obsédant :

– Cal, la Singularité Ormond. Les autres savent. Ils savent que ton père t'a contacté. Ils te tueront. Tu dois te cacher jusqu'au 31 décembre prochain.

Pars avec ta famille. Jusqu'au dernier jour de l'année… quand la Singularité aura cessé… Jusque-là, tu n'es pas en sécurité. Tu dois trouver le moyen de survivre.

Ses yeux se sont révulsés, son corps s'est affaissé. Les infirmiers l'ont emmené.

– Ne faites pas attention à ce qu'il raconte, a crié le second infirmier. Ce pauvre type délire depuis des jours. Et son état ne fait qu'empirer.

Au moment où les infirmiers poussaient le brancard à l'intérieur de l'ambulance, l'homme a relevé la tête une dernière fois.

– 365 jours, Cal. Une fois qu'ils… L'ange… Tu dois… Pour Tom…

Les portières ont claqué, l'ambulance a démarré sur les chapeaux de roues.

Le silence est retombé. Je me suis retrouvé seul, abasourdi. Comme s'il ne s'était rien passé. On n'entendait plus que les aboiements lointains d'un chien et le bruissement des feuilles dans les arbres bordant la rue.

JANVIER

1er janvier
J –365

Le bateau de pêche
Baie des Lames

00:00

Les fusées ont explosé dans le ciel; même à distance de la côte, depuis le bateau de pêche, j'ai deviné les exclamations de la foule. « Vive la nouvelle année! », « Bonne année! », criaient les gens. Ouais. Nouvelle année, peut-être. Mais bonne, sûrement pas.

Notre bateau dansait sur l'eau noire, et j'ai frissonné en pensant à l'avertissement de la veille. Cette nouvelle année se dressait devant moi comme un monstre surgi des profondeurs...

Depuis aussi longtemps que je pouvais me souvenir, à chaque réveillon, mon père, ma mère, ma petite sœur Gaby et moi nous entassions dans la voiture, direction la côte et la maison de la plage de la baie des Lames. Mais, cette année, mon père manquait au rendez-vous.

J'ai regardé mon oncle assis en face de moi, le frère jumeau de mon père. Les gens ne savaient pas les distinguer l'un de l'autre ; pour moi, ils étaient complètement différents. Je trouvais le visage d'oncle Ralf plus dur que celui de mon père. Papa et Ralf étaient tous les deux grands, bruns, avec des visages carrés – mais alors que mon père donnait souvent l'impression de préparer une blague en secret, Ralf avait l'air d'assister à un enterrement. Moi, j'étais blond et mince, comme ma mère ; malgré tout j'espérais ressembler davantage à mon père qu'à Ralf.

00:13

Le vent s'était levé, je n'entendais plus le sifflement des fusées incandescentes quand elles mouraient dans l'eau. Au sud-ouest, une énorme masse de nuages noirs s'apprêtait à avaler la lune.

– Oncle Ralf, le grain approche. On a intérêt à rentrer.

Soudain, je me suis rendu compte que tous les autres petits bateaux avaient disparu.

– Ralf, démarre le moteur. Il faut se mettre à l'abri – le grain peut nous surprendre d'une minute à l'autre.

J'ai sorti les gilets de sauvetage, enfilé le mien et jeté l'autre à mon oncle.

– Tu ne crois pas que tu t'inquiètes pour rien, Cal ?

– Tu ne sais pas à quelle vitesse le grain peut traverser la baie, ai-je rétorqué.

Ralf n'était venu qu'une ou deux fois à la maison de la plage et je ne me rappelais pas l'avoir vu sortir une seule fois en bateau.

– Il ne va plus tarder à frapper, maintenant, crois-moi.

00:17

Mon père m'emmenait depuis mes deux ans sur cette vieille coque de noix. Il m'avait appris beaucoup de choses sur les lacs et les baies de l'estuaire et à cet instant précis, l'atmosphère n'annonçait rien de bon. L'océan forçait le passage dans la baie – je distinguais la crête blanche de ses déferlantes. Les nuages d'orage avançaient vite et la nuit était devenue d'un noir d'encre. Des vagues de plus en plus menaçantes secouaient le bateau.

Le moteur ne voulait rien savoir. Ralf s'acharnait dessus en pestant mais n'arrivait pas à le démarrer.

J'espérais que les vagues ne grossiraient pas davantage ; si elles se brisaient sur notre petit bateau, elles le feraient chavirer, c'était sûr.

– Laisse-moi passer ! ai-je crié en me glissant vers la poupe. Je vais essayer !

J'ai poussé Ralf et trébuché quand une énorme lame a soulevé le bateau avant de le laisser retomber brusquement.

– Qu'est-ce que tu fais ? a-t-il hurlé.

Résolu à nous sortir de là, je l'ai ignoré. J'ai attrapé le cordon de démarrage et j'ai tiré, mais le moteur n'a pas bronché.

– Il est noyé ! ai-je crié. Tu l'as noyé !

Je savais que ma mère devait s'inquiéter, qu'elle nous attendait sur la plage en se demandant pourquoi nous n'étions pas encore rentrés. J'ai tenté une fois de plus de lancer le moteur. En vain.

– Du calme, Cal ! s'est égosillé Ralf par-dessus le rugissement du vent. Attends cinq minutes.

J'ai regardé mon oncle, trempé, chancelant.

– On n'a pas cinq minutes de plus !

00:39

Le grain a balayé l'océan avec la violence d'une tempête. Les vagues les plus hautes se brisaient contre le bateau, et j'avais beau écoper frénétiquement, nous embarquions beaucoup trop d'eau.

– Attrape un seau ! ai-je hurlé. Dépêche-toi, écope, ou on va y rester !

– Le moteur ne démarre toujours pas !

Tout autour de nous s'élevaient des murs d'eau frémissants. Nous étions cernés. Soudain, le bateau s'est retrouvé en suspension dans le vide, avant de heurter brutalement le creux de la vague.

Je me suis accroché d'une main en jurant et j'ai fait de mon mieux pour continuer à écoper de l'autre.

C'était une bataille perdue d'avance. Pour chaque seau rejeté, on en embarquait dix autres. L'eau clapotait déjà autour de mes mollets. « Pourtant le bateau ne devrait pas s'enfoncer comme ça », ai-je pensé. Les caissons étanches de la coque étaient conçus pour le faire flotter même si des paquets d'eau s'engouffraient par-dessus bord, même s'il chavirait.

Que se passait-il ?

01:01

Alourdie par le moteur, la poupe du bateau surnageait à peine tandis que la proue se soulevait dangereusement devant nous, prête à basculer. Les caissons étanches semblaient inefficaces ! Nous étions en train de couler.

01:12

Puis la pluie a commencé à tomber. Des trombes d'eau aveuglantes. Ralf s'acharnait toujours sur le moteur. Sans succès. Au moins, nous avions nos gilets de sauvetage. Nous ne risquions pas de nous noyer.

Je cherchais une corde à tâtons pour nous arrimer l'un à l'autre au cas où le bateau sombrerait quand j'ai senti la menace approcher. J'ai levé les yeux et me suis figé. C'était une vision de cauchemar : une vague monstrueuse de sept mètres de haut. Je ne pouvais rien faire. J'ai entendu Ralf crier, juste avant que l'immense muraille d'eau tumultueuse ne s'abatte sur nous comme une avalanche.

C'est la dernière chose que j'ai vue.

J'ai été happé par les tourbillons d'eau bouillonnante. Mes bras et mes jambes ballottaient dans toutes les directions. Ma peur de remonter sous la coque et de m'y fracasser le crâne s'est transformée en panique absolue quand je me suis rendu compte que mon gilet de sauvetage, devenu soudain extrêmement lourd, m'entraînait vers le fond !

J'ai lancé des coups de pied dans tous les sens et essayé de me libérer. Je savais que je pouvais retenir ma respiration pendant près d'une minute. Il fallait que je remonte à l'air libre.

L'espace d'un instant, un souvenir flou, presque effacé, du visage de mon père a semblé flotter dans l'océan au-dessus de moi. Tout habillé, il fendait l'eau dans ma direction, avec un regard désespéré. Et moi, petit garçon de trois ans insouciant qui avait glissé de la jetée, j'observais sa terreur tandis que, totalement impuissant, je coulais au fond de la baie. Il m'avait sauvé de la noyade ce jour-là. À présent, il n'était plus là, mais il me sauverait à nouveau, j'en étais persuadé. Ma mère et Gaby ne supporteraient pas une autre mort.

01:25

Dans un réflexe de survie, j'ai arraché mon gilet de sauvetage et tenté de regagner la surface qui me paraissait incroyablement éloignée. J'avais l'impression de faire du surplace, mais je luttais contre la masse écrasante de l'eau... Je pensais à mon père. Enfin, au moment où je sentais que je ne pourrais pas retenir ma respiration une seconde de plus, j'ai jailli à la surface de la mer démontée.

01:26

La tempête avait atteint son paroxysme. Le vent et les embruns me cinglaient le visage. J'ai agrippé la quille du bateau qui s'était retourné et ne dépassait plus que de quelques centimètres au-dessus des vagues. Je m'y suis accroché pour avaler de grandes goulées d'air chaque fois que ma bouche était hors de l'eau.

Je ne voyais plus mon oncle.

– Ralf ! ai-je crié en recrachant de l'eau salée.

Mais ma voix n'était qu'un murmure au cœur de la tourmente.

– Ralf ! ai-je crié à nouveau avant d'être balayé par une énorme vague.

Cette fois, la force de l'eau m'a propulsé à l'autre bout du bateau et j'ai percuté la coque. Malgré la violence du choc, j'ai saisi la corde de l'ancre que j'ai rapidement enroulée autour de mon poignet.

01:35

En chavirant, le bateau avait emprisonné de l'air dans sa coque. J'avais de la chance. Tant qu'il restait à la surface, il me laissait un espoir de survie.

Le frottement de la corde faisait pénétrer l'eau salée sous ma peau écorchée. J'espérais que Ralf était vivant et nageait déjà vers la côte pour aller chercher de l'aide. Cependant, dans de telles conditions, la distance qu'il aurait parcourue normalement en trente minutes lui demanderait peut-être des heures.

02:59

Je me trouvais certainement en pleine mer, à des kilomètres de la plage, car l'ancre n'avait pas pu résister à la violence de la tempête. Je frissonnais à cause du vent, de mon séjour prolongé dans l'eau et peut-être aussi à cause du choc. Ma main droite, celle qui était arrimée à la corde, me faisait mal. En baissant les yeux, j'y ai vu une longue entaille.

Je me suis rappelé les conseils de mon père – j'entendais presque sa voix. « Cal, tu sais comment il faut réagir dans ce genre de situation : garder son sang-froid et nager sur place. On peut maintenir la tête hors de l'eau plusieurs heures dans ces conditions. » J'ai essayé de rester calme en pensant à toutes les raisons que j'avais de ne pas mourir.

Je devais découvrir ce que mon père avait voulu me dire dans sa dernière lettre. Je devais voir les dessins qu'il avait faits pendant son séjour à l'hôpital – ceux que le Dr Edmundson allait m'envoyer. Et puis, il y avait ce fou rencontré dans la rue. Il fallait que je sache ce qui se tramait.

04:13

La tempête se calmait. La houle était encore forte, mais le pire était passé. Tout doucement, je me suis soulevé pour apercevoir la côte. Je cherchais des lumières.

Il n'y avait autour de moi que trois cent soixante degrés de nuit.

En clignant des yeux, j'ai réalisé à quel point ils étaient gonflés et irrités. Peu à peu, j'ai commencé à distinguer la forme des vagues au clair de lune. J'avais très mal à la main ; j'ai desserré la corde. Du sang coulait de ma chair blessée.

Du sang dans l'eau.

Un autre flash-back m'a traversé l'esprit. Cette fois, c'était la vision horrible d'un chien mort rejeté sur la plage... enfin, la tête, les épaules et les pattes avant d'un chien. Il avait été coupé en deux ; en mer, un seul prédateur pouvait faire un carnage pareil.

Un frisson de terreur glacée m'a parcouru.

J'ai essayé de me rassurer. Les requins approchaient rarement des côtes. Et aux premières lueurs de l'aube, les sauveteurs partiraient à ma recherche.

Tout ce que j'avais à faire, c'était de ne pas quitter le bateau et d'attendre les secours.

05:02

J'avais l'impression d'être suspendu à la quille depuis des heures, tête contre la coque, corde autour du poignet, à m'efforcer de rester vigilant. Je m'affaiblissais. Je ne sentais plus mes doigts.

C'est alors qu'il y a eu un choc brutal contre le bateau. J'espérais avoir heurté un objet qui dérivait à la surface. J'ai regardé autour de moi. Le ciel s'éclaircissait, mais, à part les vagues, je ne distinguais rien.

Un deuxième coup a ébranlé le bateau – si fort cette fois que j'ai failli lâcher la corde. Je ne voyais toujours rien, pourtant, je devinais une présence. J'avais beau être frigorifié, je me suis mis à transpirer.

Un troisième coup – si violent que j'ai bu la tasse, glissé, réussi à remonter sur la coque retournée en me cramponnant à la quille. Dans la lumière grise, j'ai repéré un requin de trois mètres de long qui roulait sur le dos, exposant son ventre pâle avant de disparaître à nouveau.

J'ai attendu, malade de peur, en priant qu'il soit parti. J'ai cherché une arme, n'importe laquelle, pour me défendre.

Hors de ma portée, ballottée par les vagues, il n'y avait que la gaffe du bateau.

Un autre coup puissant a retenti. Désespérément accroché au bateau retourné, je l'ai senti se déplacer sur l'eau. Le requin s'était glissé dessous, il nous remorquait ! D'une seconde à l'autre, il allait défoncer la coque et me dévorer. Puis, brusquement, le bateau s'est immobilisé. J'ai vu l'aileron s'éloigner à toute vitesse.

Le requin avait-il abandonné ?

Il nous avait poussés, le bateau et moi, à proximité d'un amas de débris flottants. J'y distinguais le long manche en bois de la gaffe. Du coin de l'œil, j'ai vu l'aileron qui filait au loin ralentir, osciller, puis faire demi-tour. Le requin revenait… droit sur moi!

Sans même réfléchir, j'ai saisi la gaffe. J'étais vaguement conscient d'un vrombissement non loin de moi, mais je n'avais pas le temps de penser à autre chose qu'à la créature menaçante qui fendait les flots.

Flap, flap, flap, flap.

J'ai levé la gaffe, prêt à frapper. Le requin a chargé, j'ai abattu le crochet de toutes mes forces sur sa tête. Il m'a fixé de son œil gauche glacial avant de plonger.

– Allez! Amène-toi! ai-je hurlé avec fureur. Qu'est-ce que tu attends?!

05:28

Se demander par où il allait attaquer était encore pire que de le voir.

Flap, flap, flap, flap.

J'ai levé les yeux vers le bruit et ressenti, un bref instant, un immense soulagement en apercevant un hélicoptère dans le ciel. Mais lorsque je me suis retourné, le requin me faisait face. Et, cette fois, il revenait avec un acolyte!

Fendant la surface de la mer que l'aurore teintait d'un rose doré, les deux ailerons fonçaient droit sur moi.

Le premier requin a percuté le bateau. Terrorisé, j'ai pensé que si je le frappais et que par malchance le crochet restait planté dans sa peau épaisse, je tomberais à l'eau, là où l'autre prédateur tournait en rond.

Finalement, il a disparu.

– Tiens bon ! a lancé une voix masculine. Tout va bien se passer. Tiens bon, Cal !

La gaffe à la main, j'ai défié le requin qui décrivait des cercles. Le premier s'était caché quelque part. Je ne pourrais pas m'attaquer aux deux. Au-dessus de moi, un homme en combinaison orange descendait de l'hélicoptère au bout d'un câble.

– Des requins ! ai-je crié. Il y a des requins !

Soudain, le premier requin a jailli vers moi, gueule béante, prêt à faire un carnage. Rassemblant toute mon énergie, j'ai poussé un hurlement et j'ai fracassé le crochet sur sa mâchoire supérieure. Il est retombé dans l'eau ; l'espace d'une seconde, j'ai cru que j'étais sauvé. Puis le bateau retourné a fait une embardée. Le deuxième requin s'était glissé dessous !

– Vite ! ai-je hurlé vers le ciel.

Mais l'homme en combinaison orange ne pouvait pas m'entendre dans le vacarme du moteur et des rotors.

La surface de la mer s'est aplanie quand l'appareil s'en est rapproché. Le deuxième requin est remonté à la surface. À nouveau, les deux squales fonçaient vers moi.

J'ai fini par comprendre ce que disait l'homme :

– J'arrive ! Je vais t'attraper, d'accord ?

Et s'il me ratait ?

Et si je tombais entre leurs mâchoires ?

Je ne savais plus où regarder, je ne savais plus quoi faire...

Le premier requin a donné un grand coup de dents à la coque du bateau qu'il s'est mis à tirer et à secouer.

– Allez, Cal ! Vas-y ! Accroche-toi à moi !

L'hélicoptère est descendu si bas que j'ai eu peur qu'il s'écrase dans la mer. Soudain, le requin a lâché le bateau, laissant trois dents plantées dans l'aluminium. La voix, plus proche, insistait :

– Accroche-toi à moi !

Le deuxième requin a frappé le bateau et failli me précipiter à l'eau. C'était maintenant ou jamais.

Juste au moment où je m'agrippais à mon sauveteur, le premier requin a chargé le bateau avec une telle force que son corps a rebondi sur la coque. L'homme a fixé l'élingue de sauvetage et refermé ses jambes autour de moi, et on nous a aussitôt hélitreuillés.

En dessous de nous, les requins ouvraient leurs gueules béantes.

Maison de la plage
Baie des Lames

09:46

Allongé sur le dos, je regardais fixement le plafond de la chambre de notre maison de vacances. Le médecin du coin m'avait examiné, recousu la main et donné des pilules pour « m'aider à me détendre ».

Ouais, c'est ça. Me détendre.

J'avais raconté en partie à ma mère et à Gaby ce qui s'était passé sur le bateau. La veille, je ne leur avais rien dit de ma rencontre avec le malade mental dans notre rue. Je ne voulais pas les inquiéter.

Je me sentais vraiment bizarre, un peu assommé, comme si les événements de la veille n'étaient qu'une hallucination. Pourtant, mes doigts endoloris et l'entaille sur le dos de ma main prouvaient que je n'avais pas rêvé. En repensant aux requins, j'ai frissonné, puis j'ai sombré à nouveau dans le sommeil.

17:25

Il faisait noir. Pendant un instant, j'ai cru que j'étais toujours dans l'eau infestée de requins. La pièce tournait. J'ai agrippé les bords de mon lit et vu mes mains, abîmées, écorchées, enflées.

Ma mère et Gaby m'ont apporté un peu de soupe, puis elles ont relevé les stores pour laisser entrer la lumière du jour dans ma chambre.

– Où est oncle Ralf ? Il va bien ? ai-je demandé.

Ma mère a secoué la tête. Elle avait les larmes aux yeux.

– On est sans nouvelles de lui. Pourquoi n'êtes-vous pas rentrés avant la tempête ? Même nous, nous avons vu le grain arriver !

– J'ai essayé. Je voulais rentrer. J'ai insisté, mais Ralf...

– Ralf ne connaît pas l'estuaire aussi bien que toi !

– Je sais ! Mais il refusait de m'écouter, maman !

Le téléphone a sonné.

– Il faut que je réponde, a-t-elle dit en s'essuyant les yeux.

– Ne t'inquiète pas pour lui, ai-je lancé au moment où elle quittait la pièce. On ne tardera pas à le voir revenir.

Gaby a grimpé sur mon lit.

– J'espère qu'oncle Ralf n'a rien. Tu crois vraiment qu'il va revenir ?

– Oui. Je suis sûr qu'il s'en est sorti.

– Et s'il s'était noyé, Cal ?

– Mais non, Gaby. Il ne s'est pas noyé.

« Pourvu que ce soit vrai, qu'il soit vivant », ai-je pensé.

Gaby s'est blottie contre moi.

– Je vais rester ici pour te protéger, pour qu'il ne t'arrive pas de mal, a-t-elle chuchoté.

J'ai serré ma sœur dans mes bras. C'était exactement ce que je lui disais quand elle était toute petite et qu'elle avait peur du noir.

Désormais, elle avait neuf ans et plus rien ne l'effrayait.

– Merci, Gaby. Mais, pour l'instant, j'ai besoin de dormir.

20:03

Je me suis réveillé trempé de sueur. Je venais de faire un cauchemar. Toujours le même. Je suis allongé, incapable de bouger. Je sens que quelque chose d'épouvantable est en train de se passer. Je suis paralysé de froid et de peur sans pouvoir rien y faire, et un chien en peluche blanc tout râpé me flanque une trouille inimaginable pour une raison que j'ignore.

Gaby est entrée ; j'ai essayé de chasser ces images de ma tête.

– Ça va, Cal ? Tu étais en train de crier quelque chose. Trois cent soixante-cinq quoi ?

– Oh, rien, c'était juste un cauchemar.

– Oncle Ralf va bien. Il s'est échoué dans la crique aux Mouettes.

J'ai laissé échapper un profond soupir.

– Je suis content qu'il soit vivant, mais cet idiot a bien failli nous tuer tous les deux.

– Maman ne le trouve pas idiot, elle.

Je ne supportais pas de l'entendre dire ça.

Gaby s'est assise par terre, en tailleur, et a levé les yeux vers moi.

– Pourquoi tu n'avais pas mis ton gilet de sauvetage ? Les hommes de l'hélicoptère ont expliqué que tu n'en portais pas.

– Je l'avais mis. Il doit être quelque part au fond de la baie à l'heure qu'il est.

– Ah bon ? Tu l'as perdu ?

– Non, j'ai été obligé de l'enlever. Il m'entraînait vers le fond. J'avais l'impression qu'il était gorgé d'eau.

– Comment c'est possible ?

– Honnêtement, je n'en sais rien.

Gaby a retiré sa bague celtique noir et argent et s'est appuyée contre le lit pour me la passer au petit doigt.

– Tiens. Je veux que tu la portes.

Mon père la lui avait achetée à Waterford et la lui avait offerte à son retour d'Irlande.

– Hé, je ne peux pas prendre ta bague. Tu y tiens beaucoup trop !

– Si, prends-la. S'il te plaît, Cal. Elle te protégera. Si tu ne risques rien, moi non plus.

De ses deux mains, elle a soulevé la mienne.

– Tu vois ? Elle te va parfaitement.

20:16

J'ai entendu des bruits de voix dehors quand Ralf est arrivé. Ma mère s'est fâchée après lui dans la cuisine et je n'ai pas pu m'empêcher de sourire. Ça me faisait mal aux lèvres, mais je m'en fichais.

Une fois Gaby sortie de la chambre, je me suis observé dans le miroir. C'était la première fois que je le faisais depuis le naufrage et ce que j'ai vu était affreux. J'avais un œil au beurre noir, le nez et les lèvres à vif, la joue gauche enflée, violette, barrée d'une estafilade qui ressemblait à une peinture de guerre.

J'ai bien étudié mon visage. J'ai eu l'impression qu'il avait changé. Pas seulement à cause des coupures et des contusions, mais il paraissait plus grave, plus dur, plus volontaire. J'avais beaucoup de problèmes à régler et j'espérais que le gamin qui se cachait derrière en serait capable.

Mon père était photo-reporter. L'année dernière, il était parti en Irlande rassembler des informations pour un documentaire sur les familles australiennes d'origine irlandaise. Là-bas, avec l'aide d'un de ses collègues, il avait fait des recherches, interviewé des gens, participé à un colloque très important et, apparemment, il était tombé sur quelque chose de sérieux.

J'avais la ferme intention de découvrir ce qu'il avait appris sur notre famille – cet incroyable secret qu'il évoquait dans sa dernière lettre, vieille de six mois. Je l'avais lue et relue, en quête d'un indice qui me mette sur la voie. Il m'avait également envoyé le dessin d'un ange gigantesque que je devais examiner de plus près.

Cet ange portait un uniforme militaire de l'époque de la première guerre mondiale et tenait une épée enflammée. Ses ailes, à moitié repliées, se dressaient au-dessus de lui. Si elles avaient été complètement déployées, l'ange aurait eu l'envergure d'un Boeing 747. Un type de cette corpulence ne risquait pas de planer dans les airs, il se serait plutôt déplacé avec la discrétion d'un hélicoptère Black Hawk.

J'ai sorti la lettre de mon père de mon sac à dos.

Manoir Clonmel
CARRICK-ON-SUIR, IRLANDE

Le 2 juin

Mon cher Cal,

Encore quelques semaines et je serai de retour à la maison. Je pourrai alors te dire pourquoi le dessin de cet ange est si important.

En deux mots – je dois me montrer vraiment prudent au cas où cette lettre tomberait dans de mauvaises mains – je crois avoir découvert sur notre famille une révélation extraordinaire ! L'histoire elle-même en sera changée si nous arrivons à déchiffrer certaines énigmes très compliquées.

Cal, je te demande de garder tout cela pour toi, pour l'instant ; mais attention fiston, affûte ton cerveau et prépare-toi à l'idée de devenir riche !

Je ne peux pas en dire plus pour le moment, ce ne serait pas prudent. Au moins une personne est déjà au courant de quelque chose – une femme très dangereuse qui assistait au colloque de Kilkenny où j'ai fait ma présentation de la famille Ormond. Elle m'a harcelé de questions et paraît déterminée à mettre la main sur les éléments que je détiens. Je suis certain qu'elle n'est pas la seule à avoir des soupçons.

En tout cas, j'ai découvert qu'elle a des contacts secrets...

Je dois réunir le plus d'informations possible tant que je suis en Irlande. Pour l'instant, ta mère et Gaby n'ont pas besoin d'être informées, mais quand je rentrerai à la maison, nous élaborerons tous ensemble un plan d'action. Nous devrons trouver le moyen de protéger le secret... jusqu'au moment voulu.

Cal... il m'est très difficile d'écrire cela. Je ne veux pas t'inquiéter, mais si jamais il m'arrivait malheur, ce serait à toi de prendre le relais. Les intérêts en jeu sont si importants que tu cours de grands dangers. Je t'en prie, promets-moi de garder ces informations pour toi.

Je te raconterai tout dès mon retour.
J'ai hâte de tous vous revoir.

Je t'embrasse
Papa

JANVIER

J'ai épinglé le dessin de l'ange au mur. Un coup de vent a soulevé la feuille ; on aurait dit que l'ange voulait s'envoler. Je l'ai repris et plié avec la lettre de mon père. Je préférais que Ralf ne le voie pas.

Les mots de papa tournoyaient dans ma tête. J'ai senti le chagrin s'abattre sur moi, mais je l'ai repoussé. Nous, riches ? Qu'avait-il découvert ? Je n'avais pas envie de me retrouver en danger. Ma nuit en mer m'avait suffi.

J'avais hâte de recevoir les autres dessins par la poste. Mon père en avait peut-être fait qui m'aideraient à élucider le mystère de cette Singularité Ormond.

2 janvier
J –364

08:17

– Cal ? Cal ? Tu es réveillé ?

Ma mère me secouait gentiment.

– Maintenant, oui.

Le soleil pénétrait dans ma chambre à travers les lamelles des stores et j'entendais le bruit des oiseaux et de l'océan. J'adorais la maison de la plage, mais j'aurais préféré me retrouver à Richmond et me réveiller dans mon lit. J'ai voulu m'asseoir trop vite, la douleur m'a fait retomber en arrière.

– Comment te sens-tu ? m'a demandé ma mère en redressant mon oreiller.

– J'ai mal partout, mais ça va. Qu'est-ce que tu as, maman ?

Je venais de remarquer ses yeux gonflés et inquiets. Elle a repoussé ses cheveux en arrière avec les deux mains.

– Après ce qui t'est arrivé, il ne nous manquait plus que ça…

– Quoi, maman ? Que se passe-t-il ?

– Cal, a-t-elle dit très lentement, notre maison à Richmond a été cambriolée cette nuit.

– On a été cambriolés ?!

Je n'en croyais pas mes oreilles.

– Qu'est-ce qu'ils ont pris ? La police est au courant ? Elle les a arrêtés ?

Ma mère a jeté un coup d'œil à Ralf qui entrait en claudiquant dans ma chambre. Il avait de profondes coupures sur le visage et le pied bandé.

– Ta mère t'a dit pour la maison ?

– Oui, ai-je répondu en hochant la tête.

– Comment te sens-tu ce matin, Cal ?

– Je survivrai. Et toi ?

Ralf a baissé les yeux vers son pied.

– Quand nous avons chaviré, j'ai été entraîné par le courant, j'ai dérivé presque toute la nuit. On m'a récupéré du côté des récifs de la crique aux Mouettes. C'est là que je me suis blessé.

Il désigna son pied puis son visage écorché.

– Nous avons joué de malchance tous les deux.

Je n'ai pas dit ce que j'avais sur le cœur – qu'il avait contribué à notre prétendue « malchance ». Peut-être qu'à l'avenir, il m'écouterait.

– Ton gilet de sauvetage a tenu le coup ? ai-je demandé.

– Parfaitement. Je ne comprends pas ce qui est arrivé au tien.

Soudain, il a repéré la lettre de mon père sur la table de nuit et l'a ramassée.

– Qu'est-ce que c'est ? Une lettre de Tom ?

Je la lui ai arrachée des mains.

– Elle est à moi, ai-je dit en la fourrant dans mon sac à dos posé sur la chaise.

Ralf a haussé les épaules et quitté la chambre en boitant.

– Tu ferais bien de manger un morceau et de rassembler tes affaires, a-t-il lancé. On rentre à Richmond. Il faut qu'on s'occupe de cette histoire de cambriolage.

Chez moi
Flood Street, Richmond

14:21

La pagaille qui régnait dans la maison nous a cloués sur place tous les quatre. On aurait dit que quelqu'un l'avait complètement vandalisée – les fauteuils et le canapé étaient renversés et les livres éjectés des étagères de la bibliothèque recouvraient le parquet à hauteur de la cheville.

Plusieurs tableaux ainsi que des photos encadrées de mon père gisaient par terre, au milieu des éclats de verre; d'autres pendaient de travers sur les murs. Les stores et les rideaux étaient arrachés. Tout avait été saccagé.

Le choc nous a coupé le souffle. Notre maison n'était pas immense, pas comme celle de Ralf, mais au fil des ans mes parents avaient consacré beaucoup de temps à l'embellir, avec ses parquets cirés, ses hauts plafonds aux poutres apparentes, ses larges fenêtres ouvrant sur le jardin. À présent, elle ressemblait à une décharge.

La cuisine aussi avait été dévastée. Des assiettes cassées et des couverts jonchaient le sol. Les portes qui donnaient sur le jardin étaient grandes ouvertes, des papiers voletaient sur la terrasse.

– Oh, mon Dieu! s'est écriée ma mère. Je ne peux pas le croire.

Elle s'est baissée pour ramasser les débris de sa théière préférée. Debout à côté d'elle, impuissant, je cherchais les mots pour la réconforter.

– Je te trouverai une nouvelle théière, maman, ai-je murmuré en l'aidant à réunir les tessons de porcelaine.

– C'est pas juste, a sangloté Gaby, accrochée à la taille de maman. Qu'est-ce qu'on va faire?

– On va commencer par nettoyer, voilà ce qu'on va faire, ai-je décidé en saisissant le balai et en le lançant à Ralf qui l'a rattrapé adroitement.

Ma mère m'a souri :

– C'est exactement ce qu'aurait dit ton père.

– Je sors examiner les alentours de la maison, a déclaré Ralf en me relançant le balai avant de se diriger vers le jardin. Je vais voir si les cambrioleurs ont laissé des traces. Je me demande comment ils sont entrés.

– Et la police ? a interrogé ma mère, ses grands yeux verts pleins de larmes.

– Ça fait bien longtemps que la police ne s'intéresse plus aux cambriolages, Erin, a-t-il répliqué.

J'aurais dû me réjouir que Ralf soit venu nous aider. Mais ça m'était impossible. Il y avait chez lui quelque chose que je n'aimais pas. Peut-être que je lui en voulais tout simplement de ressembler à mon père alors qu'il n'était pas mon père. Il prenait en quelque sorte sa place en aidant ma mère à accomplir certaines démarches, à affronter la situation de ces derniers mois, à s'occuper des papiers de la succession. La plupart du temps, je me surprenais à souhaiter qu'il ne soit pas là.

– Pourquoi ont-ils fait ça ? pleurait Gaby. On n'est même pas riches !

Ma mère tournait en rond, pâle, silencieuse, relevant les fauteuils pour les remettre à leur place. Je l'ai suivie au milieu de ce chaos jusque dans sa chambre.

Une fois de plus, nous nous sommes figés de stupeur. Tous les tiroirs avaient été enlevés et renversés, tous les vêtements de sa penderie jetés en tas sur le tapis.

– Non ! a crié ma mère. Ils ont même fouillé dans les affaires de Tom !

La valise arrivée d'Irlande par bateau, celle que la logeuse de mon père avait expédiée quelques mois plus tôt avec le reste de ses affaires, gisait grande ouverte, vide, son contenu éparpillé tout autour. Ma mère n'avait pas encore eu le courage de regarder à l'intérieur et, jusqu'à ce jour, la valise était restée fermée dans un coin de sa chambre.

J'ai reconnu des vêtements de mon père : le gros pull gris-vert qu'il mettait les soirs où il faisait froid, quand il m'emmenait faire du parapente, son jean, les chaussettes multicolores décorées de personnages de Disney que Gaby lui avait offertes, son pyjama en pilou, une vieille paire de baskets.

Ma mère est tombée à genoux. Elle a serré le gros pull dans ses bras et éclaté en sanglots. Je me suis agenouillé à mon tour, en grimaçant de douleur à cause de mes blessures, puis j'ai passé un bras autour de ses épaules.

– Ne pleure pas, maman. S'il te plaît, ne pleure pas.

C'était idiot de dire ça. Moi aussi j'avais envie de pleurer. Je ne savais jamais comment la consoler quand le chagrin l'accablait ainsi.

– Qu'est-ce qui leur a pris ? De quel droit s'introduit-on ainsi chez les gens en bouleversant leur vie et leurs affaires personnelles ? Comme si on n'avait pas assez souffert !

Le visage flamboyant de colère, elle a commencé à ranger des objets dans la valise.

– Ils ont fouillé ma chambre aussi ! a crié Gaby depuis le seuil de la porte.

Ma mère s'est ressaisie. Elle a ravalé ses larmes et tendu les bras à ma petite sœur.

– Courage, ma chérie. Essaie de mettre un peu d'ordre dans ta chambre. Dès qu'on aura fini ici, on viendra t'aider.

Ma mère et moi nous sommes mis au travail. Sous l'un des tee-shirts de mon père, j'ai découvert un vieux coffret à bijoux usé, avec des charnières en cuir. À l'intérieur, on distinguait une empreinte ovale en creux sur la soie noire effilochée, laissée sans doute par un gros bijou qui n'était plus à sa place. J'ai montré le coffret à ma mère.

– Ce qu'il y avait dedans a disparu. Qu'est-ce que c'était ?

Ma mère me l'a pris des mains pour l'examiner de près.

– Je ne sais pas, je ne l'avais jamais vu. Où l'as-tu trouvé ?

– Ici, sous le tee-shirt de papa. Il était sûrement dans sa valise.

– Peut-être que ce qu'il renfermait est tombé quelque part.

Nous avons cherché partout, sans résultat. Ma mère a serré le coffret contre son cœur.

– Ton père l'avait sans doute acheté pour moi. Dire que ces maudits voleurs ont tout laissé sauf ça ! Son dernier cadeau ! Et je ne saurai jamais de quoi il s'agissait !

– La police le retrouvera peut-être.

Ma mère m'a regardé d'un air effrayé.

– Mais, Cal, comment les cambrioleurs ont-ils su pour ce coffret à bijoux alors que, même moi, je n'étais pas au courant ?

Elle avait raison. Les voleurs étaient-ils tombés dessus par hasard en saccageant notre maison ou bien – et j'ai pensé aux avertissements de mon père dans sa dernière lettre – étaient-ils précisément à la recherche de ce vieux coffret à bijoux ?

Tout cela commençait à prendre une tournure beaucoup plus sinistre qu'un vulgaire cambriolage commis par des petits malfrats, histoire de se faire un peu d'argent.

L'espace d'un instant, j'ai failli parler à ma mère de la lettre de mon père et des divagations du fou qui m'avait poursuivi dans la rue le jour du réveillon. Mais il m'a suffi de la regarder pour me raviser. Elle était trop éprouvée. Alors, j'ai continué à fouiller les affaires de mon père.

– C'est quoi ce truc ? ai-je demandé en tirant une feuille de papier-calque de la poche-filet de la valise.

– Qu'est-ce que c'est, G'managh et Kilfane ?

– Je ne sais pas, a-t-elle répondu en se mouchant. Des gens qu'il a rencontrés en Irlande, peut-être ?

Dès qu'elle m'a tourné le dos, j'ai glissé la feuille dans ma poche. J'avais le pressentiment que ça pouvait être important, comme le dessin de l'ange.

16:41

– J'ai appelé la police, nous a annoncé Ralf dans la cuisine. Elle m'a conseillé de dresser un inventaire de tous les biens dérobés. Avec un peu de chance, un objet volé ici pourrait réapparaître un jour chez un prêteur sur gages.

– On n'a rien pris dans ma chambre, ai-je déclaré.

Comme je m'en doutais, aucune de mes affaires ne semblait avoir disparu. Tout était chamboulé, sens dessus dessous, mais mon ordinateur portable, mes DVD et ma minichaîne étaient toujours là, sur mon bureau.

– Dans ma chambre non plus, a dit Gaby en grimpant sur un des tabourets de la cuisine.

Ralf a fermé la porte coulissante derrière lui et ma mère lui a versé une tasse de thé. Nous avions mangé un paquet presque entier de biscuits au chocolat qui n'avait visiblement pas tenté les cambrioleurs !

– C'est très étrange, a dit Ralf. Tout paraît en ordre dehors aussi. À part la porte de la buanderie – c'est par là qu'ils sont entrés.

– Ralf, a déclaré ma mère. Il y a un coffret à bijoux vide dans la valise de Tom qui est arrivée d'Irlande. Je ne sais pas ce qu'il y avait à l'intérieur, ni s'il y avait quelque chose, d'ailleurs.

– Quelle valise ? Quel coffret à bijoux ? s'est-il empressé de questionner.

J'ai dévisagé mon oncle en me demandant pourquoi il avait soudain l'air si intéressé. Ma mère a posé sa tasse de thé.

– Qu'y a-t-il, Ralf ? s'est-elle étonnée. Tu me sembles bien contrarié tout à coup.

– Comment veux-tu que je m'occupe correctement de la succession de mon frère si je ne suis pas au courant de l'existence de cette valise ?

– Je t'aurais parlé du coffret à bijoux si j'avais su qu'il existait. Mais après tout ce qui s'est passé, je n'ai pas eu le courage d'ouvrir cette valise. De toute façon, cela n'a aucune importance, Ralf. Elle ne contient visiblement rien qui vaille la peine de figurer dans la succession, juste quelques effets personnels de Tom.

La voix de ma mère s'est brisée sur ces mots.

– Mais tu viens de mentionner un coffret à bijoux ! a insisté mon oncle. Le moindre bijou doit être inventorié !

– Eh bien ce n'est plus possible, ai-je dit. Parce que ce qu'il y avait à l'intérieur du coffret a disparu.

Ralf a secoué la tête, marmonné quelque chose, puis il est sorti de la cuisine clopin-clopant, en abandonnant sa tasse de thé.

Gaby m'a poussé du coude.

– C'est quoi, son problème ? a-t-elle chuchoté.

– Il a toujours été bizarre, ai-je chuchoté à mon tour. Et je crois que toute cette histoire l'a rendu encore plus bizarre qu'avant.

3 janvier
J –363

11:21

J'ai téléphoné à Boris. Il fallait absolument que je lui raconte ce qui m'était arrivé. Je savais qu'il serait sidéré.

Boris est mon meilleur ami. On est copains depuis une dizaine d'années, depuis le jour où il est entré dans ma classe, à l'école maternelle, avec sa drôle de lunch box en bois, peinte à la main, et son air de dire « Eh ben quoi ? » Il est ukrainien et plus costaud que moi – plus lourd, plus musclé –, tout est rond chez lui.

On est souvent en compétition, mais au final on se retrouve à peu près à égalité. Je suis plus léger et plus rapide sur mes jambes, alors que lui, c'est vraiment une grosse tête. Il est premier dans toutes les matières et il a beau chahuter sans arrêt en classe, il s'en tire bien parce que les profs le considèrent comme une espèce de génie excentrique.

– On a été cambriolés, lui ai-je annoncé. Toute la maison a été saccagée, mais je ne sais même pas si les voleurs ont pris des trucs ! Rien n'a l'air de manquer. La seule chose qui a apparemment disparu n'a peut-être jamais été là.

J'ai entendu un grand bruit à l'autre bout de la ligne. Boris a poussé un juron, tripoté le téléphone et crié :

– Une seconde !

Boris fait les poubelles du quartier à la recherche d'objets qu'il peut rafistoler et remettre à neuf. Il répare des ordinateurs, des caméras, des téléphones et des petits moteurs de toutes sortes. Ensuite, il les vend sur eBay et gagne beaucoup d'argent. Il devait être en plein bricolage.

– Hé, mec, a lancé Boris en reprenant le téléphone, j'ai rien compris à ce que tu m'as dit. Tu peux répéter plus lentement ?

Je lui ai parlé du cambriolage, du coffret à bijoux vide dans la valise.

– Et Ralf a l'air de flipper complètement, ai-je ajouté. Comme s'il était au courant de quelque chose que nous ignorons.

– Ton oncle flippe toujours pour un rien, a dit Boris. Enfin, c'est ce que tu prétends. Il n'est pas du genre à garder son sang-froid.

Boris avait raison. Ralf était un angoissé, et un solitaire – tout le contraire de mon père. Gaby et moi ne l'avions jamais beaucoup fréquenté avant que papa tombe malade et doive rentrer en urgence d'Irlande, l'année dernière. Ralf avait abrégé ses vacances dans le Sud dès qu'il avait appris son retour.

À nouveau, je commençais à me sentir coupable de mon attitude hostile envers lui. Je savais qu'il essayait d'aider ma mère, mais je ne pouvais pas m'empêcher d'éprouver une grande défiance à son égard.

J'allais raconter à Boris ce qui s'était passé après notre dernière partie de foot au parc, le jour du réveillon – le fou dans la rue, la tempête dans la baie des Lames – quand j'ai été interrompu par l'arrivée des voisins.

– Désolé, je dois raccrocher, Boris. Je te rappelle demain.

18:42

Nos voisins Marjorie et Graham ont passé la soirée chez nous pour nous aider à nettoyer et à ranger.

Ils ont commandé des pizzas pour le dîner et, quand ils sont partis, la maison avait presque retrouvé l'aspect qu'elle avait lorsque nous l'avions fermée quelques jours plus tôt.

Sur le pas de la porte, ma mère ne savait pas comment les remercier.

– C'est normal entre voisins, a protesté Marjorie.

Ralf est rentré chez lui. Je le regardais monter dans sa voiture quand j'ai entendu ma mère m'appeler de la cuisine.

– Cal ! Il faut que je te parle.

Gaby s'était endormie devant la télé. Je l'ai recouverte d'un plaid avant de me jucher sur un tabouret, à côté de ma mère.

– Tu sais, Cal, peu de gens de ton âge ont été confrontés à ce que tu as subi sur le bateau l'autre soir : ne pas savoir si on va vivre ou mourir.

Ses yeux se sont remplis de larmes ; je l'ai laissée repousser mes cheveux derrière mes oreilles. Habituellement, on se bagarre toujours à cause de mes cheveux qu'elle juge trop longs. Après un silence, elle a ajouté :

– Avec cette histoire de cambriolage, nous n'avons même pas eu l'occasion de discuter de ce qui t'était arrivé. Je veux savoir si tu vas bien, Cal. Surtout après tout ce que tu as enduré... la perte de ton père.

Elle a soupiré, l'air triste et désarmée.

– Je veux que tu me dises si quelque chose ne va pas ou si tu as un problème, a-t-elle insisté. Je veux que tu me le dises, d'accord ? Bon, maintenant, montre-moi ta main.

JANVIER

Ma mère a ôté mon bandage, décollé délicatement la gaze et constaté que la blessure était moins enflée. Elle a sorti une bande propre de sa trousse à pharmacie, puis m'a regardé, comme si elle attendait que je parle. J'ai haussé les épaules.

– Ne t'inquiète pas pour moi, maman. Ça va.

4 janvier
J –362

11:35

Boris a sonné à la porte. Ce matin-là, il avait repoussé ses cheveux ondulés – qu'il déteste – en arrière. Dès qu'il a vu mon visage couvert d'ecchymoses, son sourire a disparu.

– Hé ben, qu'est-ce qui t'est arrivé ? Tu t'es battu ?

« Et voilà, c'est parti », ai-je pensé.

– On a eu une avarie de bateau dans la baie. J'ai failli me noyer.

Il m'a regardé avec des yeux ronds.

– C'est un hélicoptère qui m'a repêché. Oh, et il y avait des requins aussi.

Boris continuait à me dévisager avec des yeux de plus en plus ronds.

– Ouais, c'est ça, a-t-il fait au bout d'un moment. Et moi, ma grand-mère vient de gagner le gros lot et la NASA veut me recruter pour son prochain vol vers la Lune.

Puis il s'est mis à rire d'un air embarrassé, pensant que je me joindrais à lui.

Mais je n'avais aucune envie de rire. J'ai retiré la bande qui m'entourait la main pour lui montrer l'entaille sanglante.

Il a lâché un juron.

– Pourquoi tu ne m'as rien dit hier, au téléphone ?

– J'allais t'en parler, mais... enfin, tu es au courant, maintenant.

– Alors, c'était toi ! s'est-il brusquement écrié en écarquillant les yeux. Le scoop ! Ils en ont parlé aux infos – un ado secouru en mer par un hélicoptère !

Son visage s'est fendu d'un large sourire.

– Tu es célèbre, mec !

– Tu crois que j'ai envie de risquer ma vie pour être célèbre ?

Boris a jeté un coup d'œil à la maison et aux piles de débris entassés près des poubelles.

– Et si la mafia avait fait le coup ? a-t-il suggéré en souriant. Il y avait peut-être un lingot d'or caché dans la valise de ton père. Et ils l'ont emporté avec le reste. Tu ne le sauras jamais, hein ?

– Un lingot d'or. Ben voyons.

Nous avons éclaté de rire. C'était la première fois depuis longtemps que je riais. Pendant une seconde, j'ai oublié ma tristesse, tenace depuis la mort de mon père, mais elle n'a pas tardé à me submerger à nouveau.

12:02

Le téléphone a sonné dans le salon. J'ai couru décrocher, Boris m'a suivi.

C'était Théo, un ami de mon père qui appelait du bord de mer.

– Salut, Théo, tu veux parler à ma mère ?

– Non, pas vraiment, a-t-il répondu. Je pense qu'elle a déjà assez de problèmes. Je préfère te le dire à toi.

– Me dire quoi ?

Mon estomac se nouait déjà.

– Cal, je reviens du bureau de la police maritime de la baie des Lames. Le bateau de ton père s'est échoué ce matin, à deux ou trois kilomètres au nord de la baie. Du côté de la crique aux Mouettes.

Théo a marqué une pause puis ajouté :

– D'après les autorités portuaires, il a été saboté.

– Saboté ?

J'ai repensé à la pesanteur du petit bateau sur les vagues, à la rapidité avec laquelle il s'était rempli puis enfoncé bizarrement dans l'eau.

– Oui, j'en ai peur, Cal. Quelqu'un a délibérément tailladé la coque métallique. Les caissons étanches ont dû commencer à prendre l'eau dès l'instant où vous avez quitté la jetée.

– Je me demandais aussi pourquoi ils ne nous avaient pas empêchés de couler. Mais qui a pu faire une chose pareille ? On a failli mourir, ai-je chuchoté pour que ma mère n'entende pas.

– N'importe qui a pu s'introduire dans le hangar. Sans doute une blague idiote d'ivrogne. La police n'a aucune piste. À mon avis, vous devez vous estimer heureux de vous en être tirés sains et saufs, tous les deux.

Après avoir répondu aux questions de Théo qui voulait des nouvelles de toute la famille, et avoir promis de transmettre l'information à mon oncle, j'ai raccroché. Je n'ai pas jugé utile d'évoquer le cambriolage.

– Qu'est-ce qu'il y a ? C'était qui ? a voulu savoir Boris.

– Il se passe des trucs louches dont ma famille est la cible. Depuis le voyage en Irlande de mon père, l'année dernière, tout va de travers.

Je lui ai montré la lettre et le dessin de l'ange. Il s'est assis et les a examinés longuement, sans un mot. Puis je lui ai parlé du sabotage du bateau, de mon gilet de sauvetage gorgé d'eau, du fou et de son avertissement à propos de la Singularité Ormond.

– La quoi ?

– La Singularité Ormond. Un truc en rapport avec ma famille.

– Cette histoire ne me dit rien qui vaille, mec. Ton oncle ne va pas être content quand il apprendra tout ça. Et franchement, je ne crois pas trop à la théorie de Théo et sa « blague idiote d'ivrogne »...

– C'était Théo ? Qu'est-ce qu'il voulait ? a demandé ma mère en entrant dans la cuisine.

Elle a ouvert le lave-vaisselle pour le vider.

Embarrassé, Boris s'est assis.

Je ne voulais pas inquiéter ma mère avec les dernières nouvelles.

Pas tout de suite.

– Les autorités portuaires lui ont signalé que le bateau s'est échoué du côté de la crique aux Mouettes. Il a pensé qu'on aimerait le savoir.

22:49

Boris est rentré chez lui.

Allongé sur mon lit, j'ai longtemps cherché le sommeil. La nuit était étouffante. J'avais mal partout et mes mains me brûlaient. J'ai fixé le dessin de l'ange en repensant aux derniers jours passés avec mon père à l'hôpital. Sans force, il dépérissait, mais ses yeux avaient un éclat intense.

JANVIER

– Qu'est-ce qu'il y a, papa ? lui avais-je demandé.

Je sentais qu'il voulait à tout prix me dire quelque chose. Malheureusement, il ne pouvait déjà plus parler.

8 janvier
J –358

Chez moi
Flood Street, Richmond

08:03

Mon cauchemar s'est volatilisé lorsque je me suis rendu compte que le hurlement ne provenait pas de l'endroit sombre et désolé qui me hantait depuis des années, mais d'une sirène dans la rue.

En une semaine, mes bleus avaient changé de couleur et la blessure de ma main commençait à cicatriser. Cependant, la confusion régnait toujours dans mon esprit. Je ne comprenais pas pourquoi mon gilet de sauvetage n'avait pas rempli ses fonctions et qui avait pu délibérément détériorer notre bateau. Le danger dont mon père parlait dans sa lettre m'avait-il talonné jusqu'à la baie des Lames ?

L'avertissement du fou me hantait également : j'avais survécu à la première semaine du premier mois... Encore 358 jours à tenir.

10:07

Après ma douche, je suis descendu prendre mon petit déjeuner. J'ai entendu Ralf claudiquer dans l'allée. Pourquoi venait-il à la maison ? Il est entré dans la cuisine avec des lettres placées sous son bras et un sac en toile débordant de provisions dont il a extrait un gros pain et quelques petits pains aux céréales, qu'il a posés sur la table.

Quand ma mère est sortie de la buanderie, il lui a tendu plusieurs enveloppes.

– Tiens, voilà pour toi, Erin. Elles ont passé la nuit dans la boîte aux lettres. Mais celle-ci...

Il s'est arrêté et m'a observé.

– Je la garde. Elle vient de l'hôpital.

Il tenait une grande enveloppe épaisse qui paraissait remplie de papiers. Lorsqu'il l'a glissée dans son sac, j'ai aperçu le nom et l'adresse inscrits dessus. Elle m'était destinée !

– Hé, mais cette lettre est pour moi !

C'étaient sûrement les dessins de mon père que m'envoyait le Dr Edmundson.

– Il s'agit de papiers officiels. Et tu sais bien que je m'occupe de la succession pour ta mère.

– Mais ce courrier m'est adressé. Regarde !

Ralf m'a fixé d'un air calme et sévère.

– Qu'est-ce que tu vas imaginer, Cal ? a-t-il grondé.

Je n'ai pas baissé les yeux. Si quand j'étais petit il m'intimidait, ça ne marchait plus depuis un bout de temps.

– C'est à moi qu'il est adressé ! ai-je répété, la main tendue vers son sac.

En voulant le mettre d'un coup sec hors de ma portée, Ralf a pris appui sur son pied blessé et il a perdu l'équilibre ; il s'est affalé par terre. Des oranges ont roulé dans toute la cuisine.

– Cal ! a crié ma mère en se précipitant pour l'aider à se relever. Qu'est-ce qui te prend, bon sang !

Ils m'ont dévisagé tous les deux d'un air réprobateur. Je n'avais pas eu l'intention de lui faire mal, cet imbécile était tombé tout seul. J'ai failli le dire, mais je savais que cela ne servirait à rien. Tout en se redressant, mon oncle m'a jeté un regard noir, puis il s'est tourné vers ma mère.

– Ce n'est pas la peine de te presser, Erin, a-t-il dit en choisissant de m'ignorer. Nous avons rendez-vous chez le notaire à 15 heures. Je vais faire quelques petites courses et déposer ces provisions à la maison. À tout à l'heure.

Il a ramassé ses oranges, les a fourrées dans le sac avec l'enveloppe et a quitté la maison en claquant la porte.

– Cal ! a crié ma mère à nouveau. Qu'est-ce qui te prend ? Pourquoi es-tu aussi odieux avec ton oncle ? Tu sais bien que sans lui je n'arriverais pas à me dépêtrer de toutes ces histoires.

– C'est *mon* nom qui était inscrit sur l'enveloppe, maman.

Elle a levé les yeux au ciel.

– Et pourquoi l'hôpital t'écrirait à toi, Cal ? Toutes les factures et la paperasse sont adressées soit à moi soit à Ralf !

Elle s'est tue un instant et a pris une profonde inspiration.

– Écoute, Cal, je suis désolée. Je sais qu'il t'est pénible de voir Ralf s'occuper de tout ce que faisait ton père. Mais on ne peut pas revenir en arrière et effacer ce qui est arrivé. Même si nous en rêvons. Il faut nous faire une raison. Tu ne dois pas déverser ta colère sur Ralf. Nous avons de la chance de l'avoir.

Je n'avais plus faim. Je me suis levé et j'ai quitté la pièce. Debout dans la cuisine, impuissante, ma mère m'a suivi des yeux. Je ne pouvais espérer qu'elle me comprenne, mais j'étais sûr de ce que j'avais vu. Ralf avait pris *ma* lettre.

Il fallait absolument que je récupère ce qui m'appartenait.

11:22

– Cal, ton oncle et moi avons rendez-vous cet après-midi à 15 heures chez le notaire, a déclaré ma mère qui s'était glissée silencieusement jusqu'à la porte de ma chambre. Mais je vais partir plus tôt parce que j'ai des courses à faire en ville. Je ne serai pas de retour avant 18 heures. Et au cas où je rentrerais plus tard, il y a des lasagnes dans le frigo. Est-ce que tu peux t'occuper de ta sœur pendant mon absence ?

– Bien sûr. Pas de souci.

Gaby, qui avait entendu la fin de notre conversation, est arrivée en traînant les pieds sur le parquet, les bras écartés et la tête en arrière comme un zombie. Elle a gémi :

– Maman, j'aime pas quand tu rentres tard. Je m'ennuie. Je peux aller chez Ashley ?

– D'accord, mais demande d'abord à sa maman.

– C'est déjà fait ! a lancé ma petite sœur en secouant la tête.

« Parfait, ai-je pensé. Ma mère, absente. Ma petite sœur, pas là pour poser des questions. Conditions idéales pour mener une enquête. »

11:30

J'ai téléphoné à Boris.

– J'ai besoin d'un coup de main.

11:55

Ashley et sa mère venaient juste de passer prendre Gaby quand mon portable a sonné. Je l'ai sorti de ma poche et je suis retourné dans ma chambre.

– Cal Ormond ?

Il s'agissait d'une voix féminine que je n'avais jamais entendue.

– Oui. Qui est à l'appareil ?

– Tu ne me connais pas, mais je me suis occupée de ton père dans l'unité de soins palliatifs... C'était un homme charmant.

– Vous avez connu mon père ?

Mon sang n'a fait qu'un tour.

– Vous êtes infirmière ?

– Non, plus maintenant. Écoute, je sais que cela peut paraître étrange, mais il faut vraiment qu'on se rencontre. Ton père m'a donné quelque chose pour toi.

Papa ne pouvait plus parler quand on l'avait transféré dans cette unité. Comment aurait-il pu lui demander quoi que ce soit ? J'ai hésité. Qui était cette femme ?

– Mon père était incapable de parler.

– C'est vrai, a-t-elle admis. Mais il n'y a pas que les mots pour s'exprimer.

De quel langage parlait-elle ?

– Qu'est-ce qu'il vous a donné ?

– Eh bien, je ne veux pas trop en dire, surtout au téléphone. Pourrais-tu me retrouver demain au mausolée de Memorial Park ? Tu vois où c'est ?

Je connaissais Memorial Park. Il se situait à la périphérie de la ville, juste de l'autre côté du pont. J'étais déjà passé devant plusieurs fois avec mon père et j'avais remarqué une construction érigée à l'une des extrémités.

– Oui, très bien.

– Pourrais-tu y être demain soir, à 21 heures ? Je travaille tard, je ne peux pas me libérer avant. Je ne te retiendrai pas longtemps.

– On ne pourrait pas se rencontrer plus tôt ? Un autre jour ?

– Je suis désolée, c'est impossible. Et je ne veux pas risquer de perdre mon travail. Je vais te donner mon numéro de portable au cas où.

– Comment ça « au cas où » ?

– Au cas où tu aurais besoin de me contacter, c'est tout.

Sans savoir exactement pourquoi, je trouvais sa voix bizarre. J'ai noté le numéro qu'elle me dictait.

– Comment vous appelez-vous ? Et comment je vous reconnaîtrai ?

– Je m'appelle Jennifer – Jennifer Smith. À demain.

Elle a raccroché avant que j'aie pu ajouter quoi que ce soit.

L'idée de rencontrer une inconnue dans un parc, le soir, ne m'enchantait pas, mais si je voulais récupérer ce que mon père lui avait donné, je n'avais pas le choix. J'avais besoin de tous les indices possibles pour percer son secret.

14:09

Je pensais encore à l'appel mystérieux de cette Jennifer Smith, en me demandant si c'était son vrai nom, quand j'ai repris mon portable pour envoyer un texto à Boris :

t pré pr l'action a 3h ?

dac

a + 2van ché ki tu C

Maison de Ralf
Surfside Street, cap Dauphin

15:03

Boris m'attendait devant la maison de Ralf.

C'était une construction moderne à un étage dans laquelle mon oncle avait emménagé après le décès de sa femme. Il y avait aussi installé son bureau et travaillait là maintenant.

– Ton oncle doit être bourré de fric, a constaté Boris en examinant la résidence. Bon, c'est quoi ton plan ?

– Je vais entrer pour essayer de trouver l'enveloppe à mon nom. Je suis persuadé qu'elle contient les dessins dont le Dr Edmundson m'a parlé. J'espère simplement que Ralf est repassé chez lui pour la déposer. On a deux heures devant nous, le temps qu'il voie le notaire en ville et revienne ici.

Boris a hoché la tête, légèrement distrait par une Ferrari jaune vif garée un peu plus loin.

– Une femme m'a téléphoné tout à l'heure, ai-je continué. Elle a dit qu'elle s'était occupée de mon père dans l'unité de soins palliatifs et qu'elle avait quelque chose à me montrer. J'ai accepté de la rencontrer demain soir à Memorial Park.

– Demain soir ? Qui est cette femme ?

– Une certaine Jennifer Smith.

Boris a éclaté de rire.

– Une certaine Jennifer Smith ? Franchement, mec... tu es sûr que tu dois y aller ?

– Il le faut.

– Ouais, mais c'est peut-être un piège. N'oublie pas les avertissements de ton père. Dans sa lettre, il parle d'une femme dangereuse, tu te souviens ?

– Je sais. Celle qu'il a rencontrée pendant le colloque en Irlande...

– Oui, justement. Et si c'est elle ? Qu'est-ce que tu feras ?

– Je détalerai en quatrième vitesse, ai-je plaisanté.

– Je trouve ça louche. Je viendrais bien avec toi, mais je suis obligé de travailler.

Quand il n'étudiait pas ses cours ou ne bricolait pas ses ordinateurs, Boris donnait un coup de main à son oncle et sa mère qui travaillaient dans une entreprise de nettoyage. Parfois, il remplaçait cette dernière quand elle avait trop mal au dos.

– Ne t'inquiète pas, je m'en sortirai tout seul.

Depuis quelque temps, je lançais beaucoup de promesses que je n'étais pas certain de pouvoir tenir.

– À cet instant, j'ai besoin de toi ici, pour faire le guet, ai-je repris en désignant l'entrée de la maison de Ralf. Garde les yeux ouverts. Planque-toi et envoie-moi un texto si je dois sortir, OK ? Je n'ai pas envie de me faire pincer.

J'ai balancé mon sac à dos par-dessus la grille en fer que j'ai escaladée en deux secondes.

15:10

Je me suis glissé à l'intérieur par les portes-fenêtres derrière la maison. J'avais « emprunté » la clé que ma mère laissait toujours sur sa commode.

Ça me faisait bizarre d'être là, seul dans la maison vide. L'endroit était tellement génial que je m'étonnais que Ralf ne nous y ait pas reçus plus souvent. Je n'y étais venu que deux ou trois fois alors qu'il aurait été formidable de faire dans le jardin les barbecues du dimanche et d'y jouer au cricket, surtout quand mon père était encore là.

15:13

L'odeur des cigares de Ralf était si forte qu'on aurait pu croire qu'il se trouvait dans la pièce voisine. Il devait se sentir seul dans une grande maison comme celle-là. Le doute m'a assailli. Mon oncle essayait peut-être réellement de me protéger, après tout. Mais pourquoi ne m'en parlait-il pas ? Si j'étais assez vieux pour prendre le relais de mon père – quelle qu'en soit la raison – Ralf n'avait pas besoin de me traiter comme un bébé. Je ne parvenais pas à me faire une opinion précise à son sujet.

Je me suis rendu directement à la cuisine pour commencer mes recherches et j'ai été soulagé de voir les oranges dans un compotier, sur la table. Le sac en toile, vide, était posé sur un tabouret. J'ai ouvert les tiroirs, tâté le dessus du frigo, regardé dans tous les placards… rien.

Alors je me suis dirigé vers l'immense pièce où Ralf travaillait sur sa planche à dessin inclinée. J'ai inspecté son bureau, son ordinateur, la photocopieuse et l'imprimante installée sur une étagère basse. Je n'ai trouvé que des dossiers remplis de factures, de commandes de plans de maisons. Rien que de la paperasserie.

J'ai compulsé en vitesse les piles entassées sur son bureau. Quand j'ai vu le nom « Ormond » écrit de la main de Ralf sur un feuillet, je l'ai aussitôt saisi. Il avait juste griffonné :

L'Énigme Ormond ? De quoi s'agissait-il ?

Dans notre famille, tant de points pouvaient être considérés comme des énigmes. Le mystérieux virus qui avait contaminé mon père à une vitesse foudroyante, brouillant toutes les connexions de son cerveau. Ou les catastrophes en série et la malchance qui s'acharnaient sur nous depuis sa mort. L'avertissement à propos de la Singularité Ormond. Le fait que quelqu'un ait délibérément saboté le bateau de pêche. La défaillance de mon gilet de sauvetage. Le cambriolage…

C'était plutôt la Malédiction Ormond.

J'ai reporté mon attention sur trois grosses boîtes de rangement en plastique fermées par des couvercles rouges. Je les ai ouvertes mais n'y ai trouvé que des vieux livres de botanique agrémentés de notes et de schémas, et des plans dessinés par Ralf.

J'ai rapidement parcouru les dernières pièces du rez-de-chaussée. Une autre boîte en plastique contenait les affaires personnelles de mon oncle ainsi que des livres concernant les plantes à fleurs et les fougères. Papa m'avait raconté que son frère avait étudié la botanique à l'université, toutefois je ne m'étais jamais douté qu'il s'y intéressait autant.

15:20

Je suis monté à l'étage pour jeter un coup d'œil. La chambre à coucher de Ralf donnait sur le jardin à l'arrière de la maison. Avant d'y pénétrer, j'ai fouillé les deux autres chambres, sans succès. Elles avaient l'air et l'odeur de pièces qu'on n'a pas ouvertes depuis des mois.

Dans celle de Ralf, j'ai commencé par la penderie où s'alignait une collection de vestes soigneusement pendues sur des cintres. Toutes les poches étaient vides.

Ensuite, j'ai examiné les tiroirs de sa commode, sans rien découvrir non plus. Aucune trace de l'enveloppe.

Qu'est-ce qu'il avait bien pu en faire ? Et s'il l'avait gardée sur lui et que tous ces efforts pour m'introduire en douce dans sa maison n'aient été qu'une perte de temps ?

J'ai poursuivi mes recherches. Il me restait encore les deux tables de nuit à vérifier. Sur la première s'empilaient des livres d'histoire au sommet desquels était posée une facture médicale. Le tiroir ne contenait que des mouchoirs, une boîte de cigares à moitié pleine et un guide de voyage. Je me suis avancé vers la seconde table de nuit. Mon ultime espoir. Après quoi, je n'aurais plus qu'à m'en aller.

15:29

SOR VIT !

Boris plaisantait ou quoi ?

Mon oncle et ma mère ne pouvaient pas avoir déjà quitté l'étude du notaire ! J'ai couru jusqu'au bout du couloir et regardé par la fenêtre.

Ralf remontait l'allée !

Paralysé, je n'ai pas bougé, essayant de réfléchir calmement. Je pouvais à la rigueur descendre et filer par la porte de derrière avant qu'il atteigne l'étage. Oui, mais dans ce cas, je ne saurais jamais s'il y avait quoi que ce soit d'intéressant dans le tiroir que je n'avais pas fouillé.

Je suis retourné à la hâte dans la chambre de Ralf. Il fallait que je sache.

À genoux devant la table de nuit, j'ai ouvert le tiroir en grand. L'enveloppe était là ! Avec mon nom, mon adresse, et le nom de l'hôpital en haut à gauche.

Je m'en suis emparé. J'aurais dû déguerpir, mais je suis resté paralysé, les yeux rivés sur ce que je venais de découvrir sous l'enveloppe. Je n'en avais jamais vu d'aussi près. Hypnotisé par l'acier d'un noir bleuté, je l'ai soulevé avec précaution. Il était beaucoup plus lourd que je ne l'aurais imaginé. Son poids et le numéro de série à quatre chiffres gravé sur le côté gauche ne laissaient aucun doute sur son authenticité. Ce n'était pas une imitation.

Pourquoi Ralf en avait-il besoin ?

« Grouille-toi », me suis-je dit. J'ai examiné l'enveloppe, elle avait déjà été ouverte. Elle m'a semblé plus mince que la première fois que je l'avais vue. À l'intérieur, comme je m'en doutais, se trouvait la lettre du neurologue, le Dr Edmundson. Mais les dessins avaient disparu.

Un bruit a retenti au rez-de-chaussée.

Ralf était déjà dans la maison !

J'ai remis la lettre dans l'enveloppe. J'espérais qu'il resterait dans le salon assez longtemps pour que je puisse m'échapper par la porte d'entrée.

Sans bouger d'un millimètre, j'ai tendu l'oreille dans l'espoir de deviner où il était, ce qu'il faisait. C'est alors que j'ai entendu son pas lourd et claudicant gravir l'escalier.

J'ai regardé désespérément autour de moi. Il n'y avait aucune issue possible. Si je passais par le couloir, je tomberais à tous les coups sur lui en haut des marches. Il fallait que je me cache quelque part. J'ai lancé l'enveloppe dans le tiroir que j'ai repoussé sans bruit.

Le seul endroit où je pouvais me dissimuler était l'espace étroit entre le mur et le lit. J'ai essayé de me glisser sous le sommier. Il était trop bas, je n'avais pas la place, alors je me suis aplati le plus possible, le nez dans la poussière du tapis, en espérant qu'il ne me verrait pas s'il pénétrait dans sa chambre...

J'ai retenu ma respiration et tenté de calmer les battements de mon cœur. Ses pas se rapprochaient. Il était dans la chambre maintenant. Entre le tapis et le bas du sommier, j'ai aperçu sa chaussure noire et le bandage de son autre pied. Je me suis fait encore plus petit, m'aplatissant contre le sol. Qu'est-ce qu'il fabriquait ?

Un grain de poussière qui s'était infiltré dans une de mes narines me chatouillait horriblement. Il n'était pas question d'éternuer. Pas pour l'instant. J'ai serré les lèvres, je n'osais plus respirer. Et ce que j'avais vu dans le tiroir de la table de nuit ne faisait que nourrir mon angoisse.

Ralf restait debout, immobile. Puis il a pris quelque chose dans sa table de nuit. « Pourvu que ce ne soit pas l'enveloppe ! » ai-je pensé.

La chaussure noire et le pied bandé ont opéré un demi-tour et se sont éloignés en direction de la porte. Quand mon oncle a franchi le seuil, j'ai perçu un bruit mou. Il venait de lancer quelque chose sur le lit.

Ensuite, j'ai entendu ses pas dans l'escalier.

J'ai poussé un soupir de soulagement et patienté sans bouger jusqu'à ce que la porte de la maison s'ouvre puis se referme. Alors seulement je me suis extirpé de ma cachette.

Il y avait une clé sur le lit. Munie d'une étiquette noire, elle ressemblait à la clé d'une porte d'entrée. J'avais l'impression de l'avoir déjà vue quelque part, sans savoir où. Je l'ai enfouie dans ma poche avant de retourner examiner le tiroir de la table de nuit.

La facture posée sur les livres d'histoire avait disparu. C'était sans doute elle que Ralf était revenu chercher. J'ai rouvert le tiroir, persuadé que l'enveloppe n'y serait plus. Elle était toujours là. Mais il manquait autre chose...

15:44

– Pourquoi tu ne l'as pas empêché d'entrer ? Il a failli me trouver !

J'ai tiré Boris du buisson où il se cachait, devant la maison.

– Il était dans l'allée avant que j'aie eu le temps de le remarquer ! Tu avais dit qu'il ne rentrerait pas avant des heures ! Comment se fait-il qu'il soit revenu ?

– Il avait dû oublier un truc. Il est passé le récupérer et il est ressorti. Il a laissé ça.

J'ai montré la clé à Boris.

– Qu'est-ce qu'elle ouvre ?

– Je ne sais pas.

– Bon, au moins il est parti maintenant. Il se dirigeait vers le centre-ville. T'en fais une tête. T'as trouvé l'enveloppe ?

– Oui. Elle m'était bien adressée. La lettre du médecin de mon père était dedans, mais pas les dessins. Et tu ne devineras jamais ce que j'ai découvert...

J'ai respiré à fond avant de préciser :

– Un revolver.

15:49

Boris a plissé les yeux.

– Un revolver ? Pourquoi ton oncle aurait un revolver ?

– Je ne sais pas, mais il l'a emporté avec lui, en tout cas. Je t'avais dit qu'on ne pouvait pas faire confiance à ce type. Je retourne à l'intérieur. Tu m'attends ici ?

15:57

Je suis remonté directement dans la chambre de Ralf. Cette fois, j'ai sorti la lettre de l'enveloppe et je me suis dépêché de descendre la photocopier.

Elle avait bien été envoyée par le Dr Edmundson, que nous avions rencontré quand mon père avait été rapatrié d'Irlande et admis dans le service de neurologie. Plus tard, après son transfert dans l'unité de soins palliatifs, le Dr Edmundson avait continué à lui rendre visite chaque jour, dans l'espoir d'élucider le mystère de ce virus mortel.

HÔPITAL ST LUKE

Cher Cal,

En rangeant la chambre de ton père après son décès, une infirmière a trouvé ces dessins et s'est souvenue que Tom avait insisté pour que tu les voies. Elle avait mis au point un moyen très spécial pour communiquer avec lui. Je voulais te les envoyer depuis longtemps, je suis désolé d'avoir tant tardé à le faire. Je les aurais bien donnés plus tôt à ton oncle, mais, j'ai honte de l'avouer, le jour où il est venu ici – pour prendre les dernières dispositions – je les avais perdus ! Ils avaient glissé au milieu d'un dossier que je viens seulement de rouvrir. Je crois que ce sont les derniers dessins que ton père a réalisés avant que la maladie n'altère complètement sa coordination motrice.

Ton père attachait beaucoup d'importance à ces dessins et tenait à ce qu'ils te reviennent. Il voulait sans doute exprimer quelque chose de cette façon détournée, et je suis persuadé qu'il comptait sur toi pour déchiffrer son message.

Toutes mes excuses, encore, pour avoir gardé ces dessins si longtemps. Je sais qu'ils ont une valeur inestimable pour toi et ta famille. En un sens, c'est le dernier cadeau de ton père. J'espère que tu comprendras leur signification. Tom était un homme bien, un photographe talentueux et un journaliste remarquable. Tu peux être fier de lui.

Transmets mes amitiés à ta mère et à toute ta famille.

Ned Edmundson

Le Dr Edmundson parlait d'une infirmière. Pouvait-il s'agir de Jennifer Smith ?

En relevant la tête, je me suis souvenu de ce que le médecin nous avait expliqué l'année précédente : « Tom est encore capable de faire appel à des concepts abstraits ou à des idées qui, dans son esprit, ont un rapport avec ce qu'il veut exprimer. Il n'a plus accès aux modes d'expression habituels – parole, écriture – et nous ignorons pourquoi. Pourtant il n'est pas fou. Il utilise les connexions cérébrales que le virus n'a pas endommagées pour créer une sorte de code que nous devons tenter de déchiffrer. Hier, par exemple, pour nous indiquer qu'il voulait un livre, il a dessiné ses lunettes. Il ne peut pas s'exprimer directement, mais réussit, par le dessin, à se faire comprendre, grâce à des associations d'idées plus ou moins complexes. »

Il fallait que je trouve ces dessins et que je découvre ce qu'ils signifiaient. J'ai sorti de ma poche la clé que Ralf avait lancée sur le lit. Je l'ai regardée attentivement. J'étais sûr de l'avoir déjà vue.

Le sentiment que mon père cherchait à communiquer avec moi au cours de ses dernières semaines me hantait de plus en plus. Juste avant sa mort, j'avais passé de longs moments assis à son chevet avec ma mère et Gaby. Je lui parlais doucement en lui tenant la main. De temps en temps, je me levais, grimpais sur le lit et m'allongeais à côté de lui, la tête sur sa poitrine, pour écouter battre son cœur. Dans ces moments-là, j'avais le sentiment très fort qu'il essayait de me transmettre un message, de me faire savoir quelque chose. Quelque chose d'urgent. De me donner un avertissement.

Les larmes qui me montaient aux yeux ont brouillé ma vue. Mais je ne devais pas pleurer – j'avais mieux à faire.

J'ai glissé la lettre dans son enveloppe avant de filer à l'étage pour la remettre à sa place. Dans ce tiroir où j'avais vu l'arme.

Où Ralf avait-il rangé les dessins ? Et pourquoi avait-il pris le revolver ? En avait-il besoin pour se protéger, ou pour protéger une personne en danger ?

Chez Boris
Dorothy Road, Richmond

16:58

Nous avons laissé nos vélos sur l'étroite véranda de la vieille maison de Boris, appuyés contre le mur. Puis nous sommes entrés. Sa grand-mère dormait dans la chambre de devant ; on l'apercevait par la porte entrouverte. Allongée sur un lit au sommier défoncé, elle ronflait doucement.

Mrs Michalko, la mère de Boris, disait souvent que la vieille dame n'avait jamais vraiment quitté son pays natal. Boris lui parlait parfois en ukrainien, à sa mère aussi, d'ailleurs. Il était le seul homme de la maison, comme moi, à présent.

Il a ouvert la porte du congélateur pour y prendre un sorbet.

– Hé, et moi ? ai-je protesté en tendant la main. Où sont passées tes bonnes manières ?

Il en a sorti un autre qu'il m'a lancé.

Dans sa chambre, nous avons écarté son vieux fauteuil du milieu de la pièce, puis Boris a lu la photocopie de la lettre du Dr Edmundson et me l'a rendue sans commentaire.

– D'après les spécialistes, ai-je expliqué, le cerveau de mon père a arrêté de fonctionner normalement quand son état a empiré. Il ne pouvait plus parler ni écrire, juste dessiner.

J'ai marqué une pause en me demandant si je devais continuer.

– Avant de tomber très malade, il m'a écrit la lettre que je t'ai montrée. Il était encore en Irlande à l'époque. Mais le temps de rentrer à la maison, il avait le cerveau en compote. Tu sais, j'ai eu le sentiment très net qu'il avait un message à me transmettre, surtout à la fin, quand il était entièrement paralysé... Il fixait son regard sur moi et ne me quittait pas des yeux. Le Dr Edmundson prétend que c'était un simple réflexe mécanique

– que ses yeux suivaient automatiquement les objets en mouvement. Mais je n'en suis pas sûr. Je crois qu'il y avait une autre raison.

Boris s'est mis à se gratter la tête. Quand il ne sait pas quoi dire, ce qui est très rare, il se gratte toujours la tête.

– Cette infirmière, tu crois que c'est la femme qui t'a appelé ? a-t-il fini par demander.

– Possible.

– Qu'est-ce que ton père faisait exactement en Irlande ?

– Il était là-bas pour participer au colloque, mais il effectuait aussi des recherches sur l'histoire de certaines familles – parmi lesquelles la nôtre – pour un futur documentaire sur le mode de vie des familles irlandaises du Moyen Âge à nos jours.

– De la généalogie, a résumé Boris en hochant la tête. Une analyse de la façon dont certaines familles ont prospéré et dont d'autres se sont éteintes.

– Oui, c'est ça.

– Donc, pendant son enquête, il a découvert des trucs incroyables sur ta famille. Mais quoi ?

Boris m'a dévisagé avant d'ajouter :

– Les dessins sont importants. Ce sont eux qui nous donneront la solution.

– La solution ? De quoi ?

– De ce qu'il faut découvrir. Mais avant tout, on doit les retrouver.

18:11

Sur le chemin du retour, je n'ai pas cessé de penser à mon père. On était mardi, en fin d'après-midi. Normalement, à cette heure-ci, quand il était encore en vie, je mettais mon uniforme des Cadets de l'Air et on se rendait au terrain d'aviation. J'espérais obtenir ma licence de pilote dans quelques années. Mais ça, c'était du passé. Tout avait changé maintenant – y compris moi.

Chez moi
Flood Street, Richmond

18:19

Je suis monté directement dans ma chambre pour ranger la lettre et la clé, et j'ai entendu ma mère rentrer.

Je l'ai rejointe dans la cuisine.

– Comment te sens-tu, mon chéri ? a-t-elle demandé.

– Bien, ai-je répondu tout en repensant à ma conversation avec Boris. Dis, maman, avant de tomber malade, est-ce que papa t'a parlé de quelque chose qu'il aurait découvert sur notre famille ?

– Que veux-tu dire ?

Je ne savais pas trop, en réalité.

– Quelque chose d'étrange ? Quelque chose qui aurait pu, je ne sais pas, moi, poser un problème ?

L'air perplexe, ma mère a secoué la tête.

– Non, pas que je sache. Pourquoi cette question ?

– Oh, pour rien. Je m'interrogeais juste sur ce que papa avait fait en Irlande, son enquête sur les familles. Qu'est-ce que le notaire voulait ?

Elle a poussé un soupir.

– Encore des papiers à signer. Ton père n'était pas très doué pour gérer ses affaires. En fait, c'est une pagaille monstrueuse.

Brusquement, elle a fondu en larmes, appuyée d'une main sur le plan de travail et s'essuyant les joues de l'autre.

J'ai passé un bras autour de ses épaules.

– Maman, dis-moi comment je peux t'aider.

– Oh, Cal... il y a des jours où ça va, et d'autres...

– Je sais. Moi aussi.

Elle s'est mouchée et redressée.

– J'ai demandé à Ralf l'enveloppe que tu voulais.

– Et alors ?

– Il a dit qu'il avait tout de suite compris qu'il s'agissait des papiers officiels de l'hôpital. C'est la raison pour laquelle il les a pris. Il ne voulait pas t'inquiéter.

– Et ces papiers, qu'est-ce qu'ils racontent ?

– Apparemment, ce sont juste des comptes-rendus médicaux. Des photocopies des derniers tests réalisés par le Dr Edmundson pour en savoir plus sur cette mystérieuse infection virale qui a tué ton père.

Quel menteur ! J'ai changé de sujet.

– Papa ne t'a jamais rien dit sur l'Énigme Ormond ?

– Qui t'a parlé de ça ?

La voix de Ralf m'a fait sursauter.

J'ai pivoté sur place. Il s'était glissé derrière moi aussi discrètement qu'un chat sur le seuil de la porte, exactement là où mon père se tenait d'habitude, avec le visage de mon père, comme s'il le lui avait volé pour le coller par-dessus le sien.

– Personne. J'en ai juste entendu parler.

– Où donc ?

– J'sais plus, ai-je répondu en haussant les épaules et en m'efforçant d'arborer un air innocent.

– Je veux savoir où tu en as entendu parler !

– Ralf ! l'a interrompu ma mère. Qu'est-ce qui te prend ? C'est un véritable interrogatoire !

Elle essayait de plaisanter mais Ralf me foudroya du regard. Savait-il que je m'étais introduit chez lui ?

– J'ai vu un truc sur le Net, c'est tout, ai-je menti.

– Allons, Ralf, a insisté ma mère, on est tous un peu à cran. Asseyez-vous pendant que je prépare le dîner.

– Merci, Erin. Ce n'était pas un interrogatoire, Cal. Je m'inquiète seulement pour toi.

– Tu as enduré trop de choses, a dit ma mère en posant sa main sur la mienne et en adressant un sourire reconnaissant à mon oncle. Ralf ne cherche qu'à t'aider, n'est-ce pas, Ralf?

– Absolument, fiston.

Je l'ai observé. Son regard était glacial. J'ai failli lancer « Je ne suis pas ton fiston », mais je me suis retenu. Ma mère n'apprécierait pas.

J'ai filé dans ma chambre pour prendre la lettre que mon père m'avait écrite d'Irlande puis je suis redescendu dans la cuisine. Ma mère et Ralf parlaient de moi à voix basse, j'en étais sûr. Ils ont relevé la tête en même temps quand j'ai annoncé :

– Je sors.

– Et où vas-tu ? a demandé ma mère.

– Chez Boris.

– Mais tu n'en reviens pas à l'instant? Et le dîner?

– Je mangerai plus tard, ai-je répondu en m'éclipsant.

Chez Boris
Dorothy Road, Richmond

18:41

– Le sale menteur ! me suis-je écrié dès que Boris a ouvert la porte. Il a raconté des bobards à ma mère sur le contenu du courrier qu'il m'a piqué !

– Ça, c'est une preuve.

– Une preuve de quoi ?

– De l'importance de cette enveloppe. De l'importance des dessins. Ton père a dit que sa découverte changerait l'histoire. C'est une sacrée affirmation, mec, et ces dessins sont ta seule piste pour l'instant. Ils représentent les dernières volontés de ton père, son testament. Ton héritage.

– Qu'est-ce qu'il a bien pu découvrir ? Et pourquoi le fou m'a-t-il mis en garde contre la Singularité Ormond ? De quoi s'agit-il ?

– Je n'en sais rien. Sans doute d'un truc susceptible de mettre ta famille en danger. Les risques sont toujours élevés quand il y a beaucoup d'argent en jeu.

Beaucoup d'argent. Jamais je n'aurais imaginé que ma famille serait impliquée dans une histoire d'argent.

– Ralf pense sans doute que c'est à lui que les dessins auraient dû être envoyés, pas à moi, ai-je suggéré. Alors il les garde. Ma mère soutient qu'il était jaloux de mon père.

– Jaloux ? De quoi ?

J'ai haussé les épaules.

– Des jumeaux, mon père était le plus fort, né quelques minutes avant son frère. D'après ma mère, Ralf lui en voulait quand ils étaient enfants. Elle a appelé ça leur rivalité fraternelle.

– Il a peut-être jeté un coup d'œil au contenu de l'enveloppe en rentrant chez lui, vu les dessins et décidé de les garder. Si ça se trouve, il t'en aurait parlé plus tard. On ne le saura jamais.

Je ne voulais surtout pas que Ralf déchiffre les messages des dessins avant nous. J'avais toujours en ma possession la feuille de calque avec les noms de G'managh et Kilfane, celle que j'avais découverte dans la valise de mon père – un document dont Ralf ignorait encore l'existence. Malheureusement, je ne savais pas comment exploiter cet avantage.

J'ignorais ce que mon oncle mijotait. Ma seule certitude, c'était que je ne pouvais absolument pas lui faire confiance.

Chez moi
Flood Street, Richmond

20:30

Ma mère et Ralf consultaient des papiers quand je suis rentré. J'ai réchauffé mon dîner avant de monter dans ma chambre. Ralf m'a suivi.

– Tu te sens mieux ? a-t-il demandé. Ta mère a raison, tu as encaissé pas mal de coups durs ces derniers temps.

Ses yeux ont scruté ma chambre : mon bureau, les murs, la pagaille sur le sol.

J'ai grommelé entre mes dents au lieu de rétorquer tout haut : « Si tu m'avais écouté l'autre jour, dans la baie des Lames, ça en aurait fait un de moins. »

– Cal, il faut que tu te souviennes d'où tu as entendu parler de l'Énigme Ormond. C'est important.

– Pourquoi ? C'est quoi, cette énigme ?

– Elle a... euh... un intérêt historique. Pour moi. Tu sais à quel point je m'intéresse à la famille... et aux affaires de famille.

Justement, non ! Ralf ne s'était jamais intéressé à nous avant la mort de mon père. Et, les rares fois où on le voyait, il n'arrêtait pas de saouler papa pour qu'il choisisse un boulot plus stable – dans un journal, avec des heures de bureau fixes – au lieu de sillonner le monde à la poursuite d'histoires singulières. Lui se contentait de rire au nez de son frère alors que ma mère, Gaby et moi n'avions qu'une envie : envoyer balader ce donneur de leçons. Si quelqu'un s'intéressait à la famille, faisait tout pour la maintenir unie, c'était mon père. En toutes circonstances.

– Cherche sur le Net, ai-je suggéré en me disant que j'en ferais autant.

Ralf m'a regardé un moment sans bouger. Je lui ai tourné le dos et j'ai commencé à dîner, en espérant qu'il comprendrait. Il a fini par partir. Me laissant encore plus méfiant.

9 janvier
J –357

Memorial Park
Richmond

20:56

Je commençais à penser que ce n'était pas une bonne idée. J'avais réussi à convaincre ma mère de me permettre d'aller au cinéma avec Boris, à la dernière séance. Si seulement il n'avait pas été obligé de travailler ce soir-là.

– J'aurais préféré que tu restes à la maison pour te coucher de bonne heure, avait-elle dit. Mais, bon, ce sont les vacances scolaires... Tu pourras toujours dormir demain matin.

J'ai jeté un coup d'œil à ma montre...

JANVIER

21:10

Elle aurait déjà dû être là. L'atmosphère de Memorial Park, à peine éclairé, ne me plaisait pas. J'avais été idiot de venir ici. L'angoisse me gagnait peu à peu. Un avion est passé dans un rugissement au-dessus de ma tête. J'ai gardé les yeux fixés sur la masse sombre du mausolée.

Je n'ai pas entendu la voiture derrière moi.

Quand je me suis retourné, il était trop tard !

21:14

– Hé ! Qu'est-ce que...

Une main plaquée sur ma bouche a étouffé mes paroles ; on m'a cloué au sol. Je me suis débattu en donnant des coups de pied et en jurant, mais aucun son ne pouvait franchir le barrage des doigts féroces crispés sur ma figure.

Deux hommes m'ont coincé contre la voiture – peut-être une Mercedes bleu foncé – et jeté un sac sur la tête. Ensuite, ils m'ont tordu les bras dans le dos, attaché avec une corde et soulevé de terre pour me balancer dans le coffre, comme un vulgaire bagage.

– Qui êtes-vous ? Où m'emmenez-vous ? ai-je crié en me démenant pour dégager mes poignets de la corde qui les enserrait.

– Tiens-toi tranquille, on ne te fera pas de mal, a sifflé l'un des deux en me repoussant.

Et il a claqué le coffre sur moi.

21:19

J'ai tenté, d'après les secousses et les virages, de deviner notre direction, mais j'ai très vite perdu le sens de l'orientation. Je tremblais. J'aurais dû écouter Boris. Il avait pressenti le piège.

Je me suis souvenu d'un truc que j'avais vu à la télé : une fille, kidnappée et jetée, elle aussi, dans le coffre d'une voiture, avait réussi à casser les feux arrière, glisser un bras par le trou et l'agiter dehors jusqu'à ce que quelqu'un finisse par s'en apercevoir. J'ai essayé désespérément de faire la même chose, mais je parvenais à peine à bouger. Écrasé contre un paquet volumineux posé derrière moi, je ne pouvais pas tendre suffisamment les jambes pour atteindre les feux.

Frustré, je me suis démené dans tous les sens en m'efforçant de dégager ma tête du sac, quand un coup violent a retenti de l'intérieur de la voiture.

– Hé, là-dedans, tiens-toi tranquille, on t'a dit !

22:02

J'avais l'impression qu'on roulait depuis des heures. Lorsque la voiture a fini par ralentir et s'arrêter, je n'avais aucune idée de l'endroit où je me trouvais. Au moment où on m'a fait sortir du coffre, le sac a légèrement glissé.

– Allez, amène-toi, mon pote, a lancé un homme bâti comme une barrique, avec un crâne chauve et une boucle d'oreille.

J'ai aperçu le bord d'un trottoir en grès, une grille monumentale, des marches carrelées, des buissons, des arbres. Mais avant que j'aie pu enregistrer d'autres détails, le type a rajusté la toile de jute et m'a poussé devant lui dans l'escalier.

Lieu inconnu

22:09

Aveuglé par le sac, j'ai trébuché en franchissant le seuil d'une porte. Tout ce que j'ai vu de la pièce, c'est des carreaux rouges et noirs, et des chaussures.

– Qu'est-ce qui se passe ? ai-je crié en me relevant. Qu'est-ce que vous me voulez ?

– Ce qu'on te veut ? a repris une voix de femme.

Je n'étais pas sûr qu'il s'agisse de la voix que j'avais entendue au téléphone, mais c'était possible.

– Voyons un peu, a-t-elle continué. Nous voulons en savoir plus sur l'Énigme Ormond, bien sûr.

Encore ces mots que j'avais vus gribouillés sur une feuille dans le bureau de Ralf.

– En fait, nous voulons tout savoir, alors tu as intérêt à parler.

Puis elle s'est mise à hurler en me donnant un coup de pied derrière les genoux :

– Réponds-moi !

Mes genoux ont cédé, je suis retombé par terre.

– Je ne connais pas l'Énigme Ormond ! Je ne sais pas de quoi vous parlez ! Pourquoi vous ne demandez pas à un autre Ormond ? Je ne suis pas le seul à porter ce nom. Je ne sais rien, moi !

Et c'était vrai. Je n'avais pas le moindre indice. Mais elle ne me croyait pas.

– Je vais te poser la question différemment, a-t-elle poursuivi. Que sais-tu sur la Singularité Ormond ?

– Écoutez, je ne sais rien non plus à ce sujet !

– Si, tu sais forcément ! Parle !

– Je ne sais rien, je vous dis. Laissez-moi partir, vous perdez votre temps !

J'ai essayé d'empêcher ma voix de trembler – je ne voulais pas que mes ravisseurs voient que j'avais peur. Et s'ils me tuaient et m'enterraient dans le jardin ? Personne ne savait où j'étais. Même moi, je l'ignorais ! Seul Boris était au courant de mon rendez-vous à Memorial Park.

Ils ont changé de tactique.

– Connais-tu l'ange Ormond ?

Cette fois, la question avait été posée par une voix lente et grave, masculine.

– Non.

Boris avait raison. L'ange était vraiment important.

– Reprenons, a dit l'homme. Nous avons tout notre temps.

– Non, nous n'avons pas tout notre temps, ai-je entendu murmurer derrière moi.

– La ferme, Kevin, a ordonné la femme.

Quelqu'un m'a attrapé par les épaules et soulevé de terre.

– Crache le morceau ou les choses vont mal tourner pour toi !

Je trouvais qu'elles avaient déjà très mal tourné.

22:31

– Pour la dernière fois...

– Je croyais que tu venais de dire à ce petit voyou que nous avions tout notre temps.

– La ferme, Kevin !... Que sais-tu sur l'Énigme Ormond et l'ange Ormond ?

– Mais de quoi vous parlez ?! Je ne sais rien ! Rien du tout ! Ni sur l'une ni sur l'autre ! Laissez-moi partir !

Ils étaient impitoyables. Ils exigeaient des réponses à leurs moindres questions. J'ai été jeté à terre, bousculé, poussé, frappé à coups de pied. J'avais toujours les mains liées et la tête coincée dans le sac en toile de jute. Je transpirais, je suffoquais ; tous les sons me parvenaient assourdis.

23:29

J'ai prétendu que j'avais besoin d'aller aux toilettes. L'un d'eux m'y a conduit, a retiré le sac et m'a enfermé.

– Tu me diras quand tu auras fini, a-t-il lancé de l'extérieur.

Puis il a éclaté de rire – en pensant probablement aux difficultés que j'aurais à me débrouiller avec les mains attachées dans le dos.

J'ai regardé autour de moi sans repérer d'issue, ni fenêtre ni conduit d'aération. J'ai essayé de noter dans ma tête les détails de la pièce, puis j'ai enfoncé le bouton de la chasse d'eau avec mon coude. Avant que j'aie le temps d'appeler, la porte s'est ouverte en grand, on m'a jeté à nouveau le sac sur la tête et traîné devant mes ravisseurs.

– Ton père t'a donné une carte, hein ?

C'était plutôt une affirmation qu'une question.

– Non. Mon père ne m'a pas donné de carte. Je n'ai jamais entendu parler d'une carte. Une carte de quoi ?

– Ton père...

– Mon père est mort depuis plus de six mois ! ai-je crié. Il ne pouvait même plus parler quand il est revenu d'Irlande ! Comment voulez-vous qu'il m'ait donné une carte ! Vous n'avez pas encore compris que vous perdez votre temps avec moi ? Je n'ai rien pour vous !

Dans le silence qui a suivi mon éclat de colère, je les ai entendus chuchoter entre eux. D'après les quelques mots que j'ai pu saisir, j'en ai déduit qu'ils avaient assisté au colloque en Irlande. C'était sans doute là qu'ils avaient découvert l'Énigme Ormond. Et aussi la fameuse Singularité Ormond.

23:58

Sans prévenir, on m'a traîné dans un couloir puis poussé dans une pièce à peine plus grande qu'un placard. Je m'étais courbé pour tenter de me débarrasser du sac quand un violent coup sur la nuque m'a projeté au sol.

10 janvier
J –356

00:29

Je flottais dans un rêve étrange, noir et douloureux. Des voix étouffées résonnaient autour de moi.

– On a perdu assez de temps avec lui. Il ne sait rien du tout.

– Il ne nous sert à rien. On ferait mieux de le relâcher.

– Il faut qu'on se débarrasse de lui !

– On peut le jeter du haut du Gap ?

Ils allaient me tuer !

– Vous ne comprenez donc pas qu'il nous est plus utile vivant que mort ?

– Il pourrait nous identifier. Nous n'avons pas le choix. Il doit disparaître.

– Non. Nous avons besoin de lui vivant.

00:38

Les voix s'estompaient puis revenaient. Allongé par terre, je m'efforçais de rester attentif, de lutter contre le brouillard qui envahissait mon esprit. J'essayais de me concentrer sur ce qu'elles disaient. Tout était si flou. Je tâtonnais autour de moi à la recherche d'un mur contre lequel je pourrais m'appuyer pour me relever lorsque la porte s'est ouverte brusquement. Une silhouette sombre, indistincte, s'est penchée sur moi…

05:51

J'ai lentement repris connaissance. Je ne savais pas pendant combien de temps j'avais dormi, sûrement plusieurs heures – le jour commençait à se lever. Avais-je réellement entendu des voix ou provenaient-elles d'un délire inconscient ? J'en gardais un vague souvenir. Quelqu'un était-il venu ? Que s'était-il passé ?

Mon épaule me faisait mal. J'avais dû me cogner en tombant par terre quand on m'avait assommé. J'ai mis du temps à m'éclaircir les idées et à pouvoir tenir debout.

Ensuite, je me suis débarrassé du sac en gigotant et j'ai regardé autour de moi. Que les voix aient été réelles ou pas, je devais trouver un moyen de m'évader.

06:01

On m'avait enfermé dans une sorte de débarras où on rangeait le matériel de ménage. Coincé entre les balais, les serpillières, les seaux et tous les produits qui encombraient le sol et les étagères, je pouvais à peine remuer.

Puis mes yeux se sont habitués à la pénombre et j'ai distingué une lucarne au plafond. C'était par là que je pourrais me sauver. Mais, avant de penser à la façon de l'atteindre, je devais me détacher. Et pour ça, il me fallait un objet tranchant.

06:07

J'avais un plan. L'oreille collée contre la porte, j'ai écouté attentivement, à l'affût du moindre mouvement dans le couloir.

Rien. Le silence.

Sur le seuil, un carreau cassé affleurait. Son bord irrégulier était coupant. Je me suis retourné et baissé pour en approcher mes poignets, et j'ai commencé à frotter la corde dessus.

Être ainsi penché en arrière était inconfortable, surtout avec mon épaule endolorie, et j'avais beau faire attention, je coupais mes mains en même temps que la corde.

Ça me faisait mal, mais je progressais vite.

06:13

J'avais les mains libres. Quand j'ai levé les yeux, la lucarne m'a paru incroyablement haute. Pourtant je n'avais pas le choix, je devais l'atteindre coûte que coûte. J'ai empilé des seaux retournés, je les ai calés, et en me tenant aux murs, j'ai réussi à me hisser dessus.

Accroupi en équilibre instable, je me suis redressé lentement, toujours dans l'angle des murs. Je ne pouvais pas me permettre de tomber – le vacarme des seaux s'écroulant par terre alerterait aussitôt mes ravisseurs. C'était quitte ou double !

Pendant une seconde, j'ai cru entendre un bruit de l'autre côté de la porte, mais ce devait n'être que le bourdonnement de mon sang dans mes oreilles.

06:19

Je ne m'étais pas trompé, ils revenaient ! J'avais intérêt à me dépêcher.

– Aucune chance de faire le lien entre nous et lui, a dit une voix d'homme. Nous devons le garder ici, pour l'instant. En cas de problème, nous le laisserons filer, et nous le rattraperons quand nous aurons à nouveau besoin de lui.

Ils avaient l'intention de me traquer comme des chiens de chasse lancés après un renard ! Cela m'a donné l'énergie dont j'avais besoin. Mes doigts touchaient à peine le plafond, mais c'était maintenant ou jamais. J'ai légèrement fléchi les genoux, puis, d'un bond, j'ai réussi à agripper le châssis de la lucarne. J'ai cru que j'allais retomber et m'écraser au sol... j'ai tenu bon. La pyramide des seaux s'est mise à vaciller; elle allait s'effondrer d'une seconde à l'autre.

Calé contre le mur, suspendu par une main, j'ai cherché de l'autre la poignée de la lucarne. Je l'ai poussée de toutes mes forces. Rien à faire. J'ai essayé à nouveau, en poussant plus fort. Cette fois, elle a grincé.

Je me suis figé. Avaient-ils entendu?

Je ne pouvais pas tenir plus longtemps accroché dans ce coin de mur comme une araignée humaine. Tous les muscles de mon corps étaient tétanisés.

Malgré mon équilibre instable, j'ai forcé ma pression sur la poignée. Cette fois, dans un grincement aigu, la vitre s'est soulevée. Je me suis cramponné aux bords de l'ouverture des deux mains et, prenant appui à la fois sur le mur et sur la pyramide de seaux, je me suis propulsé sur le toit. Les seaux ont chancelé et se sont écroulés dans un fracas épouvantable.

J'étais dehors. J'ai avancé à quatre pattes sans oser regarder derrière moi – j'entendais déjà leurs cris, en bas. J'ai repéré un balcon sur lequel j'ai sauté avant de me laisser glisser le long du tuyau de la gouttière. Au moment où je touchais le sol, un homme a jailli sur le balcon. Penché au-dessus du vide, les yeux pleins de fureur, il a hurlé :

– T'as intérêt à la boucler !

Puis il a enjambé la balustrade pour descendre à son tour par le même chemin.

J'ai pris mes jambes à mon cou en ne pensant qu'à fuir, fuir le plus vite possible. Jamais je n'avais couru aussi vite...

06:58

Perdu dans un quartier de la ville que je ne connaissais pas, j'ai essayé de retrouver le chemin de la maison. J'étais exténué, pourtant j'ai continué.

Je ne sais pas pendant combien de temps j'ai marché. Je regrettais de ne pas avoir mieux observé le repaire de mes ravisseurs. Je n'avais songé qu'à m'en éloigner et, dès la seconde où mes pieds avaient touché le sol, j'avais couru comme un dératé. J'étais sûr que, le soir précédent, nous avions roulé au moins pendant une heure. Cependant, ils avaient pu tourner plusieurs fois en rond pour me tromper.

J'ai fini par croiser une avenue qui m'était familière et qui m'a conduit chez moi.

Chez moi
Flood Street, Richmond

07:43

Tout le monde était encore couché lorsque je suis rentré.

Je me suis glissé dans ma chambre et pour ne pas les oublier, j'ai tout de suite noté les rues et les immeubles dont j'avais retenu le nom en passant. Je me souvenais aussi d'une petite église à un croisement, pas très loin de la maison, ainsi que d'une école primaire et d'une station de lavage auto.

Ensuite, j'ai ressorti le dessin de mon père, celui de l'ange géant. Je l'ai examiné minutieusement en essayant de trouver un indice susceptible d'expliquer pourquoi on m'avait enlevé et interrogé. « Qu'est-ce que tu caches et que tout le monde veut savoir ? » ai-je demandé à ce personnage sévère. « Quel secret protèges-tu ? »

C'est alors que j'ai remarqué quelque chose sous le masque à gaz suspendu à son cou – ça ressemblait à une décoration. Une sorte de... médaille ? Comment avait-elle pu m'échapper jusque-là ?

Un jour, peut-être, je percerais son secret, et alors ce serait *moi* le maître du jeu !

JANVIER

09:21

Dès mon réveil, la terreur ressentie la nuit passée a effacé le cauchemar qui était revenu me hanter. La noirceur de mon rêve – le froid glacial, la peur, le chien en peluche blanc et, quelque part, un bébé qui pleurait – a cédé la place au souvenir des ombres du réduit où l'on m'avait enfermé.

Qu'allais-je dire à ma mère ? Elle serait furieuse que je ne sois pas rentré à l'heure la nuit dernière, mais je ne pouvais pas lui raconter qu'on m'avait enlevé. Pas après tout ce qu'elle avait déjà enduré. Je devais garder ça pour moi. Pour l'instant en tout cas.

Je suis descendu. Une atmosphère étrange régnait dans la cuisine. Gaby et maman s'y trouvaient toutes les deux. Ma mère me tournait le dos. Elle téléphonait et prenait des notes au crayon.

– Qu'est-ce qui se passe ?

Je me demandais si, par hasard, elles avaient découvert où j'étais allé.

– Qu'est-ce qu'il y a ? ai-je insisté.

– Y a plus rien, a murmuré Gaby. Plus rien du tout.

– Comment ça ? De quoi tu parles ?

Le crayon que ma mère tenait dans sa main a roulé sur le sol. Puis, lentement, elle a raccroché. Lorsqu'elle s'est retournée vers nous, j'ai laissé échapper un hoquet de surprise. Son visage avait presque la même expression que le jour où on lui avait appris la maladie de mon père.

– Tout notre argent a disparu, Cal ! m'a annoncé Gaby. Papa a tout dépensé quand il était en Irlande !

J'ai regardé ma mère, comme pour lui signifier : « Dis-moi qu'elle se trompe ! »

– C'est vrai, Cal. Il restait sur le compte de quoi rembourser la maison, mais il n'y a plus rien.

Subitement, j'étais sans voix. Incapable de bouger. Ma mère serrait ma petite sœur contre elle, lui caressait les cheveux, l'assurait que tout s'arrangerait, essayait de la consoler.

Sans argent, comment pourrait-elle rembourser l'emprunt pour la maison ? Elle était employée à plein temps chez un architecte jusqu'à ce que mon père tombe malade. À ce moment-là, elle avait pris de nombreux jours de congés non payés et, désormais, elle ne travaillait plus que de temps en temps.

– Nous n'avons plus rien, a-t-elle répété. Plus de cent mille dollars volatilisés. Nos économies de toute une vie. Il reste dix-neuf dollars en banque.

Seuls les sanglots de Gaby troublaient le silence. J'aurais voulu dire quelque chose, mais je ne trouvais pas les mots. Je savais que les traites de la maison étaient prélevées automatiquement, chaque mois, sur le compte bancaire. Qu'allait-il se passer maintenant ? Ma mère gagnait juste de quoi nourrir la famille. Nous avions perdu notre père, j'avais failli perdre la vie, et à présent, il semblait que nous allions aussi perdre notre maison.

Qui s'acharnait ainsi sur nous ?

L'envie qui m'avait effleuré un instant de raconter à ma mère mes aventures de la veille s'est définitivement envolée. Pas question de lui infliger des angoisses supplémentaires. Elle était tellement perturbée qu'elle n'avait même pas cherché à savoir où j'avais passé la nuit.

– Il faut que j'appelle Ralf, a-t-elle dit.

– On ne perdra pas la maison, maman. Je peux travailler. Je vais quitter le lycée et trouver un job.

Elle m'a serré dans ses bras.

– Il n'en est pas question ! Nous allons nous en sortir. Je ne sais pas comment nous nous débrouillerons, mais, par bonheur, au moins nous sommes ensemble.

Chez Boris
Dorothy Road, Richmond

10:52

Je transpirais sur mon vélo, il faisait au moins 30 °C à l'ombre.

Dès que je suis arrivé chez Boris, nous sommes allés dans sa chambre et je me suis écroulé dans son fauteuil. Je lui ai raconté mes aventures nocturnes et les nouvelles du matin.

Assis face à moi, Boris se grattait la tête en me dévisageant avec des yeux ronds. Une fois de plus.

– Tu as failli te noyer. Tu as été kidnappé. Et maintenant ta maison est menacée. C'est bien ça ?

– Oui. Je n'imaginais pas que la situation pouvait encore empirer.

– Sans oublier que ton père a fait une découverte capitale et t'a averti d'un danger, juste avant de tomber très malade. Puis qu'un fou t'a poursuivi dans la rue pour t'apprendre que ton père avait été assassiné.

Il a éclaté d'un rire lugubre.

– Mais c'est complètement dément !

– Je sais ! ai-je répondu en riant jaune à mon tour. C'est dément et pourtant, c'est la réalité !

J'avais du mal à y croire moi-même, même si je le vivais. Avant mes seuls problèmes tournaient autour des examens de maths, du foot, des filles, de ma petite sœur qui me chipait mes affaires et de mes parents qui refusaient de me laisser sortir aussi tard que je l'aurais voulu. Comment ma vie avait-elle pu basculer si rapidement ?

– Il faut que tu ailles voir les flics. Cal ? Tu m'écoutes ?

– Impossible, Boris. Je ne peux pas.

– Et pourquoi pas, bon sang ? s'est-il exclamé comme si j'étais cinglé. C'est énorme, mec. Tu as été kidnappé ! Jeté dans le coffre d'une voiture ! Enfermé dans un placard ! Assommé !

– Je ne peux pas, OK ?

Je savais bien que ça semblait la chose la plus logique à faire, mais je ne voulais pas que la police s'en mêle. Le type sur le balcon m'avait prévenu. Je devais la boucler.

– Ils m'ont interdit de parler. Crois-moi. Je me méfie d'eux. Et s'ils savent où j'habite, hein ? Ils n'ont pas hésité à me faire mal, Boris. Alors pourquoi ne s'en prendraient-ils pas aux miens ? On est peut-être tous en danger. Et ma mère ne pourrait pas supporter ça en plus du reste – pas en ce moment. Elle est à deux doigts de craquer.

Boris a haussé les épaules.

– J'espère que tu sais ce que tu fais. En tout cas… ton père a dû être pris d'un accès de folie pour retirer une telle somme. C'est peut-être à cause du virus ?

J'ai hoché la tête, content qu'il n'insiste pas à propos de la police.

– Qu'est-ce qu'il a bien pu faire de tout cet argent ?

– Je n'en sais rien, mais tout paraît se tenir et plus vite on le découvrira, plus vite on réglera le problème.

Il avait raison.

– Tu sais, je continue à me poser des questions sur ton oncle, a-t-il ajouté. C'est peut-être lui qui a pris l'argent. Il ressemble tellement à ton père qu'il n'aurait eu aucun mal à se faire passer pour lui.

J'ai secoué la tête.

– L'argent a été retiré d'Irlande.

– OK. Mais n'oublie pas qu'il a menti au sujet des dessins. Pourquoi, à ton avis ?

L'explication était évidente.

– Parce qu'il ne voulait pas qu'on les voie.

– Exactement. On dirait qu'il ne veut pas que quelqu'un d'autre connaisse l'existence de ces dessins. Ce qui signifie qu'ils ont une importance capitale – assez capitale pour les dérober, assez capitale pour mentir à leur sujet.

Boris a brusquement pivoté sur sa chaise et m'a regardé dans les yeux avant de poursuivre :

– Donc Ralf sait que ces dessins ont une signification. Et il sait quelque chose à propos de l'Énigme Ormond.

J'avais le cerveau en marmelade, l'impression que plus jamais je ne réussirais à me concentrer. Les catastrophes se succédaient, toutes plus épouvantables les unes que les autres.

– C'est ce qui les intéressait, hier soir, j'ai soufflé. « Qu'est-ce que tu sais sur l'Énigme Ormond ? Qu'est-ce que tu sais sur la Singularité Ormond ? » Je n'ai pas arrêté de leur dire que je ne savais rien !

Mais ils n'avaient que ce mot à la bouche ! Puis ils ont commencé à me parler d'une carte. Est-ce que j'étais au courant de l'existence d'une carte ? Est-ce que mon père m'avait donné une carte ? Et ainsi de suite ! Je n'avais rien à leur révéler, mais ils ne voulaient pas me croire. Je me demande ce qui serait arrivé si je ne m'étais pas évadé...

– Ils t'ont interrogé à propos d'une carte ? À ton avis, comment sont-ils au courant de tout ça ?

– Ils ont assisté au colloque en Irlande. Je les ai entendus en discuter. Je pense qu'ils ont découvert un truc que mon père a fait et qui concerne notre famille.

– En tout cas, quand il parlait de grands dangers, il avait raison !

Oui, et je n'avais pas compris avant la veille au soir jusqu'à quel point ! « Cache-toi », m'avait lancé le fou dans la rue. « Ne réapparais pas avant le 31 décembre de l'année prochaine à minuit. »

– J'ignore ce que Ralf sait de tout ça, ai-je ajouté. Depuis le jour de l'enterrement de mon père, il est si...

En repensant à cette horrible journée, j'ai enfoncé la main dans la poche de mon sweat.

– Boris ! J'ai trouvé !

J'ai sorti la clé à l'étiquette noire.

– Je sais ce qu'elle ouvre ! Je sais où sont les dessins !

12:43

Nous avons enfourché nos vélos à toute vitesse.

– Cal, tu peux me dire pourquoi on va au cimetière ?

– La clé ouvre le caveau des Ormond. C'est là que repose mon père, avec mes grands-parents et une ribambelle d'autres Ormond. Depuis 1878, on finit tous là-bas.

– Vous avez un mausolée ? Ça me file la chair de poule... C'est là qu'on entrepose les cercueils et les urnes au lieu de les enterrer ?

– Oui.

Au train où allaient les choses, je risquais fort de les rejoindre plus tôt que prévu. La peur m'a donné des ailes et j'ai accéléré. Je survivrais. Je poursuivrais l'enquête de mon père et je percerais l'incroyable secret qu'il avait découvert.

Cimetière de Crokwood

13:25

La clé collait à ma main moite quand nous avons franchi les lourdes grilles en fer. Le cimetière était un endroit paisible planté d'arbres avec des petits jardins quadrillés par des allées.

Tout autour de nous, il y avait des tombes, de simples stèles émergeant d'un parterre de fleurs, ou des monuments surmontés d'anges déployant leurs ailes de pierre. Je me suis demandé si l'ange Ormond avait sa place parmi eux. J'en doutais. J'étais avec ma mère et Ralf quand on avait déposé l'urne contenant les cendres de mon père au creux d'une niche dans le mausolée de la famille, et j'étais sûr qu'il n'y avait pas d'ange.

L'édifice en pierre sombre, sans fenêtre, fermé par une porte en fer rouillée par les intempéries, se dressait devant nous. Sculptés dans la pierre, au-dessus de la porte, le nom et le blason de la famille avaient, eux aussi, été usés par la pluie et le vent.

– Grouille-toi, mec, a dit Boris. Je vois un uniforme se pointer dans notre direction. Sûrement la sécurité.

J'ai monté les marches, introduit la clé dans la serrure et tenté de la tourner.

Sans succès.

– Hé, vous deux ! Où vous croyez-vous ? a crié le gardien.

– Plus vite, mec. Grouille ! a insisté Boris.

– J'essaie !

Enfin, la serrure s'est débloquée et la porte s'est ouverte.

– Fichez-moi le camp d'ici ! Qu'est-ce que vous fabriquez ?

La porte à moitié ouverte derrière moi, je me suis retourné pour être face au gardien.

– On ne fait rien de mal, ai-je dit en montrant la clé. On est de la famille.

Le gardien s'est avancé jusqu'au pied du mausolée. Il avait beau se tenir deux marches plus bas que moi, il me dépassait d'une tête.

– Seule la personne autorisée a le droit de pénétrer dans ce mausolée. Montrez-moi votre autorisation légale.

– Son père repose ici, a lancé Boris. Il a tous les droits…

– Il n'a aucun droit ! N'importe qui pourrait prétendre la même chose. Vous feriez mieux de décamper, tous les deux.

Il a sorti un talkie-walkie.

– Soit vous partez maintenant, soit je demande à mon collègue de vous jeter dehors. Je peux aussi appeler la police. Qu'est-ce que vous préférez ?

J'ai poussé la porte et jeté un coup d'œil à l'intérieur, vers le long renfoncement où se trouvait le cercueil de mon grand-père. Il était bien là, mais il y avait autre chose aussi. Quelque chose qui n'était pas là la dernière fois.

Le gardien m'a attrapé par le bras et traîné en bas des marches. Puis il a claqué la porte en fer derrière moi. Son collègue, un type râblé au visage rougeaud, l'avait rejoint.

– Déguerpissez avant que j'appelle les flics. Bernie ?

Bernie a saisi le bras de Boris et a jeté :

– Encore deux goules à la recherche d'un endroit où se planquer.

– Des goules ? ai-je répété sans comprendre.

– Des barjos qui s'introduisent dans les caveaux pour les squatter. Des indésirables dont on est chargés de se débarrasser, a répondu Bernie en resserrant les doigts sur le bras de Boris.

– Lâchez-moi ! a protesté mon ami en se dégageant. On s'en va.

13:49

Les gardiens nous ont regardés partir sur nos vélos. J'ai glissé la clé dans ma poche.

– Quelle perte de temps, a déclaré Boris.

– Pas tout à fait. J'ai vu quelque chose.

– Ah oui ? Une goule ?

Boris a éclaté de rire.

– Non, une grande boîte en plastique avec un couvercle rouge, le même modèle que chez Ralf. Il utilise notre caveau comme cachette.

– J'aimerais bien savoir ce qu'il y entrepose, a dit Boris alors que nous arrivions au coin de ma rue.

– Je crois le savoir, moi.

Juste avant de nous séparer, j'ai agité la clé devant son nez.

– Et tu sais quoi ? On va y retourner. Pour s'en assurer.

– Quand ? a-t-il demandé d'un air hésitant.

– Quand il n'y aura plus personne.

– Je suis avec toi, mec, mais ce coup-là, je le sens mal.

Chez moi
Flood Street, Richmond

14:23

La première chose que j'ai remarquée en rentrant, c'est le silence inhabituel qui régnait dans la maison. Ma mère avait laissé un mot sur le frigo :

> Partie faire des
> courses.
> Serai un peu en retard.
> Poisson et frites
> pour le dîner ?
> Bises
> Maman

Debout dans la cuisine, j'ai écouté le silence.

C'était celui d'une menace tapie dans l'ombre, immobile, prête à surgir.

– Gaby ? Tu es là ?

Pas de réponse.

– Gaby ? ai-je appelé à nouveau.

Rien.

Sur mes gardes, j'ai avancé à pas prudents.

En arrivant près de la cuisine, ce que j'ai vu par terre m'a fait lâcher mon sac à dos : oncle Ralf gisait dans une mare de sang.

14:26

Je me suis précipité vers lui. Il était inconscient, du sang coulait de l'arrière de sa tête. Lui avait-on tiré dessus ?

J'ai ouvert mon sac, je voulais stopper l'hémorragie avec ma serviette de plage avant d'appeler une ambulance. Mais une idée horrible m'a traversé l'esprit. Si oncle Ralf était blessé, Gaby l'était peut-être aussi...

– Gaby ! ai-je hurlé en montant l'escalier quatre à quatre. Gaby ?

Le prénom de ma petite sœur s'est figé sur mes lèvres.

Elle était là, étendue sur le seuil de sa chambre, aussi inerte qu'une poupée de chiffon.

Je suis tombé à genoux à côté d'elle et j'ai collé mon oreille contre sa poitrine. Elle ne respirait plus !

– Gaby ! ai-je supplié. Parle-moi !

J'ai paniqué en essayant de me souvenir comment on faisait un massage cardiaque. J'avais pris des cours de secourisme au lycée. Il fallait effectuer des pressions brèves mais fortes sur la poitrine, puis pincer le nez et souffler dans la bouche. Mes doigts tremblaient. Je me suis forcé à compter lentement entre chaque pression pour me calmer.

– Respire ! ai-je crié en regardant son corps exhaler l'air que je venais de lui insuffler.

J'aurais voulu alerter les secours mais je ne pouvais pas abandonner ma sœur.

14:29

– Respire, bon sang !

Mon cœur battait la chamade. J'ai été secoué de violents sanglots. J'ai observé sa poitrine – j'aurais juré qu'elle s'était soulevée. Je me suis essuyé les yeux. Il fallait qu'elle respire !

Soudain, j'ai perçu du bruit au rez-de-chaussée.

L'espace d'une seconde, j'ai pensé que c'était ma mère. Mais au moment où j'allais l'appeler, une voix a retenti. Une voix d'homme !

– Fouille la maison. Il est ici. Et quand tu l'auras, ne le laisse pas s'échapper.

Mes kidnappeurs ! Ils me cherchaient !

– Je t'en supplie, Gaby, ai-je imploré en continuant les massages cardiaques. Tu ne peux pas me faire ça !

Les secondes filaient. Des pas montaient les marches. Puis j'ai entendu des sirènes se rapprocher de la maison. Dans l'escalier, une voix a crié :

– Quelqu'un a alerté les flics. Il faut le trouver et filer d'ici !

J'ai désespérément scruté le visage de ma sœur à la recherche d'un signe de vie. Et j'ai cru voir un soupçon de couleur revenir sur ses joues, une légère pulsation faire frémir son cou. Elle respirait à nouveau ! Son cœur battait ! Une sirène d'ambulance a retenti au coin de la rue. Les secours arrivaient. Gaby serait prise en charge sans délai. Elle s'en sortirait.

Je n'ai pas osé rester une seconde de plus. J'ai embrassé ma petite sœur sur le front, pressé ses mains toutes froides dans les miennes, attrapé mon sac à dos et sauté par la fenêtre dans le mûrier le plus proche.

14:37

Dissimulé sous le feuillage épais, je suis resté accroché à l'arbre pendant que les hommes continuaient à fouiller la maison.

Je tremblais tellement que j'avais peur de trahir ma présence. J'ai serré mon sac à dos contre moi.

J'avais supposé que ces types étaient ceux qui m'avaient enlevé dans Memorial Park, mais je me trompais. C'en étaient d'autres. Qui étaient ces gens ?

– Regarde ! Il est là !

Ils m'avaient repéré. Ils se penchaient à la fenêtre.

– Là-haut ! Dans l'arbre !

« Eh bien maintenant, il n'y est plus », ai-je pensé en me lâchant.

Les branches ont un peu ralenti ma chute, mais mon atterrissage sur le sol a été rude.

J'ai esquivé une Subaru noire garée devant la maison et je me suis précipité dans la rue, espérant mettre la plus grande distance possible entre moi et les cris des hommes qui se lançaient à ma poursuite.

Un rapide coup d'œil par-dessus mon épaule. Deux gaillards se faufilaient entre les voitures tandis qu'une ambulance et un fourgon de police s'arrêtaient en dérapant dans notre allée.

Moi qui croyais avoir battu mon record de vitesse la nuit précédente, j'étais en train de l'exploser ! En traversant, j'ai déclenché un concert de klaxons, de coups de frein et d'injures, mais je m'en fichais pas mal...

15:06

Je les avais semés. Je courais désormais dans des rues que je ne connaissais pas. Je me suis engouffré à l'intérieur d'un immense centre commercial où j'ai repéré un coin tranquille. À bout de souffle, trempé de sueur, j'ai appelé Boris.

– Boris ! ai-je haleté dans le téléphone. Il faut vraiment...

Boris m'a aussitôt interrompu.

– Il y a des flics partout chez nous ! Ma mère flippe complètement !

– Des flics chez toi ? Pourquoi ?

– Tu me demandes pourquoi ? Écoute, Cal, je ne peux pas te parler pour l'instant. Je te rappellerai plus tard, OK ?

– Non ! Attends ! Qu'est-ce qui s'est passé ? Pourquoi les flics sont chez toi ? Boris ! Je t'en prie !

Mais il avait déjà raccroché.

Je ne savais plus quoi faire. J'ai essayé de joindre ma mère sur son portable. Je suis tombé sur son répondeur. Alors, j'ai laissé un message : « Maman, j'espère que tu vas bien. Quand je suis rentré à la maison, tout à l'heure, j'ai trouvé oncle Ralf par terre, inconscient, la tête en sang, et Gaby... Gaby ne respirait plus ! J'ai fait ce que j'ai pu, elle est revenue à elle mais j'ai été obligé de partir en vitesse et... Des gens me poursuivent et je... »

Je me suis arrêté. Elle penserait que j'avais disjoncté. Il fallait que je la voie calmement pour lui expliquer toute l'histoire : le sabotage du bateau, mon enlèvement, l'interrogatoire. J'ai juste ajouté « Je te rappellerai plus tard » et j'ai raccroché.

15:58

Je suis entré dans une cafétéria. Je me suis assis dans le coin le plus éloigné de la porte pour garder un œil sur les passants. J'ai commandé une boisson mais la pensée de ma petite sœur allongée par terre me donnait la nausée. Serait-elle morte si j'étais arrivé plus tard? Et comment allait-elle maintenant?

J'ai voulu rappeler ma mère. Une fois de plus, je suis tombé sur son répondeur. J'ai laissé un autre message en lui demandant de me recontacter dès que possible. Elle était probablement à l'hôpital avec Gaby et oncle Ralf. Je suffoquais de peur et d'angoisse. Quelqu'un en voulait à notre famille. Je ne contrôlais plus rien.

Les idées se bousculaient dans ma tête. Je devais prendre une décision. Savoir que ces types connaissaient mon adresse m'était insupportable. Ils avaient peut-être rencontré mon père au colloque – ou ils avaient tout simplement consulté l'annuaire.

Ils pouvaient resurgir n'importe quand.

J'étais coincé. Il fallait que j'aille tout raconter à la police. Une fois que les policiers seraient au courant, ils comprendraient que ma famille et moi courions un grand danger.

Je leur parlerais de la mystérieuse Énigme Ormond et peut-être nous aideraient-ils à découvrir ce qu'était la Singularité Ormond.

J'ai senti mes forces et ma confiance revenir. Ils nous aideraient.

Oui, je n'avais pas le choix.

Il me restait à trouver un commissariat.

16:42

J'ai tourné à un coin de rue non loin de la maison, j'ai dépassé le grand hôtel où mon père allait parfois dîner avec des amis. Enfin, ça c'était avant, quand le monde était normal, quand mon père était en vie et ma famille en sécurité. J'ai jeté un coup d'œil dans le hall où un énorme écran plasma a attiré mon regard. J'ai cligné des yeux plusieurs fois.

C'était moi.

Mon visage remplissait l'écran géant...

La caméra s'est déplacée sur un officier de police.

– L'identité des victimes est encore confidentielle, annonçait-il. Les jours de la première victime, un homme âgé d'une quarantaine d'années, un proche parent de l'agresseur présumé, ne sont pas en danger. La seconde, une fillette âgée de neuf ans, elle aussi une proche parente, a été placée en soins intensifs. Si vous apercevez le suspect, restez sur vos gardes et appelez la police. L'individu est dangereux. Il a déjà blessé grièvement deux personnes.

Il parlait de moi ! C'était moi l'agresseur dont ils diffusaient le portrait !

Je me suis éloigné de l'hôtel en quatrième vitesse, tête baissée, en priant pour que personne ne me reconnaisse.

Arrivé au coin de la rue, je me suis mis à courir. Il fallait que je retourne à la maison. Que je voie ma mère. Que je lui explique. Elle pourrait m'accompagner au commissariat. Ensemble, on tirerait cette affaire au clair...

J'ai ralenti un peu, continuant à marcher d'un pas rapide, quand j'ai senti qu'une voiture me suivait. Il m'a suffi d'un coup d'œil pour comprendre que c'était la police !

J'ai viré brusquement à gauche dans une rue étroite, et j'ai détalé à toutes jambes. La voiture a accéléré puis s'est arrêtée un peu plus loin dans un crissement de pneus.

J'ai alors bifurqué dans une ruelle, escaladé la clôture la plus proche... atterri dans un buisson d'hortensias et attendu, immobile, trempé de sueur, en espérant que mes halètements ne me trahiraient pas. La voiture m'a dépassé. Quand je n'ai plus rien entendu, j'ai franchi la clôture dans l'autre sens et pris la direction de la maison.

17:28

Parvenu à l'angle de la rue, je me suis aplati contre le mur pour jeter un œil.

Je me suis reculé aussitôt. La police était partout ! Il y avait deux inspecteurs dans notre jardin et la rue grouillait d'agents en uniforme bleu marine.

Pas moyen de me faufiler jusque chez moi.

– Hé ! Toi, là-bas !

On m'avait repéré !

J'ai fait demi-tour et pris mes jambes à mon cou.

– C'est lui ! Rattrapez-le !

J'ai filé aussi vite que possible en sautant par-dessus des poubelles jusqu'au carrefour.

Mais au lieu de tourner et de suivre la rue transversale, j'ai continué tout droit, effacé d'un bond un muret de briques, traversé en trombe le jardin d'un petit pavillon, enjambé un portillon fermé et continué sur ma lancée. Une nouvelle clôture à escalader et je suis retombé lourdement de l'autre côté, dans le jardin d'un autre pavillon, tout près d'une corde à linge.

J'ai attendu un moment, en écoutant les battements de mon cœur se calmer progressivement. Puis j'ai éteint mon téléphone qui pouvait me faire repérer, et j'ai regardé autour de moi, incrédule. J'étais là, caché dans le jardin d'un inconnu tandis que la police me cherchait.

J'étais en plein cauchemar.

D'une seconde à l'autre, j'allais me réveiller, sain et sauf, chez moi, auprès de ma famille.

18:16

Non, je ne me réveillerais pas. C'était ma nouvelle vie : désormais, j'étais un fugitif recherché par la police.

Je suis resté blotti dans les buissons jusqu'à la tombée de la nuit. J'ai senti les odeurs d'un dîner qu'on préparait, vu les lumières s'allumer puis s'éteindre.

21:33

Finalement, ankylosé et affamé, je suis sorti de mon refuge. Non loin de ma cachette, j'ai trouvé, dans la remise du jardin, un vieil imperméable marron. Je l'ai épousseté et, malgré la chaleur de la nuit, je l'ai enfilé. Puis j'ai franchi la clôture et regagné la rue.

Je me suis mis en route.

Les lumières vives et la foule de Liberty Square m'ont un peu réconforté. Le col de l'imperméable remonté jusqu'aux oreilles et ma casquette enfoncée sur la tête, il y avait peu de risques qu'on me reconnaisse.

Les odeurs de cuisine s'échappant des cafés attisaient ma faim. Je me suis assis dans un square, près d'une fontaine, pour explorer les poches de mon sac à dos.

J'avais en tout et pour tout trois dollars et quarante-cinq cents. Si je voulais manger, il faudrait que j'aille retirer de l'argent à un distributeur automatique. Mais si je m'y risquais, la police me localiserait.

J'ai arrêté de fouiller dans mon sac et je suis resté assis, la tête entre les mains. Ma mère devait être morte d'inquiétude. Et Gaby ? En soins intensifs ! Allait-elle guérir ?

J'ai rallumé mon téléphone. Aussitôt, il a sonné. C'était ma mère.

– Cal ! Dieu merci, tu es vivant ! s'est-elle écriée. Où es-tu ? Rentre à la maison !

– Je ne peux pas, maman ! Tout le monde croit que j'ai agressé Gaby et Ralf ! Qu'est-ce qui se passe ? Pourquoi est-ce qu'on m'accuse, moi ?

– On parlera de tout ça plus tard, mon chéri, d'accord ? Je t'en prie, rentre !

– Tu as eu mon message ? En arrivant à la maison, j'ai trouvé Gaby et Ralf… inconscients tous les deux. Gaby ne…

– Oui mon chéri, bien sûr, m'a-t-elle coupé. Rentre maintenant. Je n'en peux plus. Je t'en prie !

« Oui mon chéri, bien sûr » ? Pourquoi réagissait-elle ainsi ?

À sa façon de parler, je savais qu'elle ne m'écoutait pas.

– Gaby va s'en sortir ?

– Nous l'espérons tous. Maintenant, s'il te plaît, rentre ! Il faut que j'aille à l'hôpital. Mais je serai de retour dans une heure environ. Attends-moi à la maison.

Elle a raccroché. Au ton de sa voix, je devinais son stress et ses larmes. Pauvre maman, elle n'avait plus personne pour l'aider. Même plus moi.

J'aurais bien envoyé un texto à Boris pour lui donner rendez-vous à Liberty Square, mais si les flics tombaient dessus, ils viendraient directement ici.

Je devais inventer un truc.

L'année précédente, on avait trouvé un billet de vingt dollars dans les buissons, près de la fontaine. Boris comprendrait le code :

RDV a 22h ou trouV 20$

JANVIER

Liberty Square, près de la fontaine

22:04

J'étais super content de voir Boris. Je l'ai entraîné dans un coin sombre du jardin.

– Comment va Gaby ? Je sais qu'elle est à l'hôpital. Ma mère m'a dit…

– Écoute, mec, c'est quoi ce bazar ? T'as de gros ennuis, tu sais. Moi aussi, d'ailleurs. Ma mère me croit endormi dans mon lit.

– Et Gaby ? Et ma mère ? Et oncle Ralf ? On lui a vraiment tiré dessus ?

– Hé, pas si vite ! Oui, Gaby est à l'hôpital. Elle est dans le coma, mais elle va s'en sortir, d'accord ? Et ton oncle est à l'hôpital, lui aussi. On lui a tiré dessus, mais il survivra. Quant à ta mère, ça peut aller – vu la situation. Tu ferais pourtant mieux de tout me raconter. Qu'est-ce que tu as fait ?

– Comment ça, qu'est-ce que j'ai fait ? Je n'ai rien fait ! En rentrant chez moi, j'ai trouvé Ralf par terre, dans une mare de sang, et Gaby qui ne respirait plus !

J'ai repoussé le hamburger qu'il me tendait. Je me sentais incapable de manger quoi que ce soit.

– Pourquoi ? De quoi m'accusent-ils ?

– Écoute, je te connais bien. Je sais que tu n'aurais jamais touché un cheveu de ta petite frangine. Mais tout le monde a l'air de penser le contraire. J'ai cru que tu t'étais battu avec Ralf et que... oh, et puis j'en sais rien.

J'étais tellement choqué que je n'ai pas répondu tout de suite.

– Je pensais que mes ravisseurs s'étaient introduits dans la maison. Mais non. Quand je suis rentré, j'ai... j'ai ranimé Gaby ! Je ne lui ai pas fait de mal. Pourquoi j'aurais agressé ma petite sœur ?

– Apparemment, elle aurait dit quelque chose quand les ambulanciers l'ont emmenée. Elle a crié ton nom avant de perdre à nouveau connaissance. Et ce n'est pas tout. Ralf prétend qu'il a reconnu ta voix, à l'étage ; tu grondais Gaby, et quand il est monté voir ce qui se passait, on lui a tiré dessus ! Il a réussi à ramper jusqu'au rez-de-chaussée avant de s'évanouir.

Je n'en croyais pas mes oreilles.

– Tu ferais bien de manger. Tu as mauvaise mine.

J'ai pris le hamburger, puis je l'ai reposé.

– Écoute, Cal, a continué Boris. Je sais que tu n'aurais jamais fait une chose pareille.

– Tu es bien le seul, apparemment. Pas étonnant que la police me recherche. Et ça explique pourquoi ma mère était si bizarre au téléphone. Qu'est-ce qu'elle s'imagine ? Ces salauds ont sans doute malmené Gaby pour lui faire avouer où j'étais.

Dire que ma pauvre petite sœur voulait me protéger ; j'en étais malade.

– Elle savait probablement qu'ils en avaient après moi, elle a dû crier mon nom pour me prévenir...

Pris de vertige, je me suis accroupi sur le sol.

– Je trouverai le moyen de prouver ton innocence, a affirmé Boris. Ne t'inquiète pas. Tu peux compter sur moi.

J'ai essayé de sourire.

– Mais qui peut s'attaquer à une petite fille ? Et à mon oncle ? Même si j'ai des doutes sur lui, on l'a pris pour cible. Il pressentait peut-être, à juste titre, qu'il avait besoin de se protéger. C'est certainement pour ça qu'il était bizarre.

Boris a fini le hamburger et s'est léché les doigts.

– Se débarrasser de toute ta famille doit faire partie de leur plan. Ce sont des gens dangereux et déterminés.

Il s'est tu un instant avant d'ajouter :

– Les flics sont venus chez moi. Ils pensaient que tu t'y cachais. Ils n'ont pas cru ma mère quand elle leur a dit que tu n'étais pas là. Ils veulent récupérer mon téléphone et je suis sûr qu'ils voudront mon disque dur aussi.

Il s'est levé pour s'approcher de la fontaine, puis est revenu vers moi en chassant d'un coup de pied une petite branche tombée par terre.

– Ils ont affirmé qu'ils avaient le droit de confisquer tout ce qui pouvait leur être utile, qu'ils menaient une enquête sur une tentative de meurtre, et peut-être même sur un meurtre tout court.

– Un meurtre ?

Et puis j'ai compris. La police anticipait. Au cas où Gaby mourrait.

Je me suis relevé d'un bond. Cette idée m'était insupportable. Boris a dû s'en apercevoir parce qu'il a posé une main sur mon bras, lui qui n'est pourtant pas du genre démonstratif.

– Gaby va s'en tirer. Elle a du caractère. Tu es bien placé pour le savoir ! Tu te souviens du jour où elle t'a presque mis K-O parce que tu avais donné ses CD des Jelly Babies à la kermesse de l'école ?

J'ai hoché la tête en esquissant un sourire.

– Comment je pourrai te joindre, alors ? ai-je demandé, désespéré.

Avec un large sourire, Boris a sorti de sa poche un téléphone que je n'avais jamais vu.

– Ils ne sont pas au courant pour celui-là.

Il m'a donné le numéro.

– Je te contacterai dès que j'aurai trouvé une planque. Quand tu viendras, sois sympa de m'apporter des vêtements et un peu d'argent. J'aurais aussi besoin d'une lampe torche, de bougies et d'allumettes. Merci, Boris.

Mais j'avais besoin d'ajouter quelque chose :

– Fais attention à toi, Boris. Ces gens ne mettront pas longtemps à faire le lien entre toi et moi et à se lancer à ta poursuite. Dès qu'ils auront découvert que tu es mon meilleur ami.

Boris a fait la grimace.

– Comme si les flics ne suffisaient pas.

– Je vais vraiment avoir besoin de ton aide.

– Tu peux compter sur moi, mec, a-t-il répondu sans hésiter.

Nous avons échangé nos vêtements. Le short de Boris était trop grand pour moi, je l'ai serré avec ma ceinture. Lui, il était ridicule dans le mien, mais il s'en moquait. Je lui ai aussi donné le vieil imperméable.

– Décidément, la nouvelle année commence bien, ai-je dit. Tout ça à cause des dessins disparus et de l'objet qui n'est plus dans le coffret à bijoux. Il faut absolument qu'on retrouve ces dessins, Boris. On retourne au cimetière dès ce soir.

11 janvier
J –355

Cimetière de Crokwood

00:28

Nous avons marché à pas de loup dans l'obscurité, près des grands cyprès plantés le long des murs d'enceinte. Les nuages qui filaient dans le ciel masquaient souvent la lune, de sorte que lorsque nous avons débouché sur l'allée qui menait aux portes du cimetière, nous avons dû nous éclairer avec nos téléphones portables.

– J'avoue que ce n'est pas le genre de sortie qui m'amuse le plus, a commenté Boris.

– On n'y va pas pour s'amuser, mais pour voir ce que contient la boîte de Ralf.

Au moins, cette expédition m'empêchait de penser à ce que j'avais vu chez moi la veille.

– Dès qu'on aura mis la main sur les dessins, on pourra sûrement se faire une idée plus précise de ce que mon père a découvert en Irlande.

– Oui. À condition que les goules ne nous fassent pas la peau en premier !

Les grilles fermées n'ont pas été trop difficiles à escalader, même s'il a fallu que j'aide Boris à se hisser par-dessus. Une fois de l'autre côté, nous avons poursuivi notre chemin dans le noir. J'espérais que personne ne nous avait aperçus et qu'aucune caméra de surveillance ne nous avait filmés.

– Bon. Pas de gardien en vue. Allons au caveau.

– Et après, on décampe. Cet endroit me file la chair de poule.

Moi non plus je ne me sentais pas à l'aise. Dans l'obscurité de la nuit, les colonnes de marbre et les anges qui se dressaient autour de nous ressemblaient à des fantômes.

– Hé ! Qu'est-ce que c'était ? a soufflé Boris en m'attrapant le bras.

– Je n'ai rien entendu.

– Écoute !

J'ai tendu l'oreille, immobile. Au bout de quinze secondes, j'ai poussé Boris du coude.

– Allez, viens. Tu as la frousse, c'est tout.

Nous étions presque arrivés au caveau des Ormond. J'apercevais déjà sa masse sombre à la lumière de la lune, qui venait d'apparaître entre deux gros nuages. Nous avons accéléré le pas puis gravi les marches d'un bond. Boris m'a éclairé avec son téléphone pendant que j'introduisais la clé dans la serrure.

La porte s'est ouverte avec un grincement sinistre. Nous avons patienté sans bouger, craignant qu'un gardien n'ait entendu, puis nous nous sommes glissés à l'intérieur.

L'air glacé sentait le moisi et il régnait un silence oppressant.

– Je ferais mieux d'attendre dehors... au cas où quelqu'un viendrait, a chuchoté Boris.

C'était un garçon intelligent, mais sa grand-mère lui avait raconté trop d'histoires de fantômes des Carpates.

J'ai dirigé le faisceau lumineux de mon portable sur les quatre premières niches avant de tomber sur le coffret en bois sculpté acheté par ma mère.

– Salut, papa, ai-je murmuré. Je viens récupérer les dessins que tu voulais me confier.

Puis j'ai éclairé la boîte en plastique, je me suis accroupi et j'ai soulevé le couvercle.

Les dessins étaient là. Sur le dessus. Je n'ai même pas cherché à savoir ce qu'il y avait dessous. Je me suis contenté de les sortir, le cœur battant d'excitation. Boris s'est penché pour regarder ; sa curiosité avait été plus forte que sa peur des revenants. J'ai jeté un coup d'œil rapide au premier dessin : encore l'ange, l'ange Ormond.

Boris s'impatientait.

– Bon, on peut s'en aller maintenant ? Prends-les, qu'on fiche le camp.

Je les ai soigneusement pliés puis rangés dans mon sac à dos.

– Ce n'est vraiment pas un endroit où on a envie de s'attarder, a insisté Boris en essayant de percer les ténèbres du caveau avec la lueur de son portable.

Il a vu les marches qui descendaient vers la salle basse.

– Je ne savais pas qu'il y avait un autre niveau.

Et il a avancé d'un pas hésitant.

– Ça m'a l'air complet, en bas.

– Oui. C'est là que sont rangés les cercueils les plus anciens, depuis des générations. Viens. On a ce qu'on voulait. Sortons d'ici !

01:43

Boris est rentré chez lui en me laissant avec les dessins. Pour l'heure, il fallait que je trouve une planque – un lieu sûr, loin des regards indiscrets. Je cherchais un endroit où je pourrais à la fois mettre les dessins à l'abri et dormir un peu.

Toute ma vie, j'avais considéré que la plupart des choses qui m'entouraient allaient de soi. À présent, j'aurais donné n'importe quoi pour me retrouver chez moi, dans mon lit.

03:51

J'ai erré dans les rues pendant une éternité, en changeant de trottoir les rares fois où je croisais quelqu'un, jusqu'à ce que j'échoue devant une rangée de masures qui avaient probablement connu des jours meilleurs. L'une des plus grandes avait été transformée en auberge pour routards.

Quelques pâtés de maisons plus loin, alors que je commençais à me sentir tellement fatigué que j'étais prêt à me rouler en boule comme un chat au pied d'un arbre, j'ai remarqué un écriteau « À vendre » fixé sur le numéro 38, une bâtisse à moitié en ruine entourée d'un jardin en friche.

Je l'ai examinée de plus près. Les fenêtres du rez-de-chaussée étaient condamnées, et on avait cloué de grosses planches sur la porte.

Je me suis faufilé jusqu'à l'entrée, puis j'ai longé la véranda. Sur le côté, une des fenêtres n'était pas totalement obstruée. J'ai réussi, avec un peu de mal, à glisser ma main sous une latte de bois pour faire levier.

Personne ne pouvait me voir de la rue. Il m'a fallu un certain temps avant de réussir à briser un bout de latte, mais une fois la première arrachée, les autres ont suivi plus facilement.

J'ai enjambé la fenêtre en tirant mon sac derrière moi.

Lorsque mes yeux se sont habitués à la pénombre, j'ai aperçu des murs tapissés d'un vieux papier à fleurs, taché, délavé, déchiré. De minces rais de lumière provenant des réverbères de la rue éclairaient deux vieilles chaises cassées alignées contre un mur et, par terre, un tas de vieux journaux dégoûtants.

Dans un angle de la pièce, il y avait eu un escalier, mais il avait pourri et il n'en restait que quelques marches ne menant nulle part ; les autres s'étaient effondrées.

Je n'avais pas envie de m'aventurer plus loin avant le lever du jour. Tous ces recoins obscurs devaient grouiller de rats. Cette maison abandonnée était dans un état lamentable. Néanmoins, elle ferait l'affaire pour l'instant.

Assis à même le sol, j'ai envoyé mon adresse par texto à Boris sur son téléphone secret. Puis je me suis installé tant bien que mal dans un coin et endormi aussitôt.

La planque
38 St Johns Street

11:04

Quelqu'un essayait d'ouvrir la porte d'entrée !

Réveillé en sursaut, paniqué, je me suis approché sans bruit pour regarder dehors par une fente.

Ouf. Ce n'était que Boris. À voix basse, je lui ai dit de contourner la maison.

Il m'a tendu sa sacoche d'ordinateur avant d'escalader la fenêtre, puis ses yeux ont fait le tour de la pièce.

– Ah, c'est pas mal, ici. Pour un squat.

Il s'est avancé en faisant attention à l'endroit où il posait les pieds, à cause du parquet pourri.

– T'as vu, le trou, là ? a-t-il lancé. Il donne directement sous la maison.

Je suis allé voir. Heureusement que je n'étais pas tombé dedans la veille. En passant la tête à travers, j'ai vu des pierres, des piliers de soutènement en brique, et tout un univers de toiles d'araignées, de saleté et de poussière.

– Hé ! Il y a encore de l'eau dans la salle de bains ! s'est exclamé Boris au moment où je sortais la tête du trou.

Effectivement, j'entendais un bruit de chasse d'eau.

– Dommage que je ne l'aie pas su plus tôt.

Je l'ai rejoint dans la salle de bains, en avançant à pas prudents. Le lavabo était fendu et la pomme de douche avait disparu, mais les toilettes fonctionnaient toujours. Boris a tourné un robinet ; une eau couleur rouille a coulé sur le sol. Je pourrais mettre un seau sous le lavabo et me laver sous le tuyau de douche.

Nous sommes allés nous asseoir sur la petite véranda d'où l'on dominait le fouillis de lierre et de broussailles du jardin.

– Tu ne peux pas savoir l'hystérie que tu as déclenchée, mec, a dit Boris. Ma mère n'arrête pas de me casser les oreilles avec cette histoire. On en a reparlé aux infos, et tiens, regarde…

Il m'a tendu son téléphone. Je l'ai ouvert.

Un lycéen disparu soupçonné d'agression

Cal Ormond, 15 ans, résidant à Richmond, a disparu hier soir après l'agression sauvage de son oncle et de sa jeune sœur. La police le recherche pour l'interroger.

– Génial, ai-je soupiré en lui rendant son portable. J'ai toujours rêvé d'avoir mon nom en première page des journaux.

– Même Mr Lee, le proviseur du lycée, est passé aux infos ! Il a débité pas mal de bêtises sur toi, comme quoi tu étais un bon élève, très populaire, et qu'il était extrêmement choqué que tu sois mêlé à ces agressions. Et Susie Miller s'y est mise, elle aussi, pour faire une déclaration du genre : « Ouais, Cal et moi on est sortis ensemble y a deux ans, et je suis bien contente que, eh ben, que cette histoire se soit terminée entre nous quand ça s'est terminé. Ça aurait pu devenir vraiment moche, pas vrai ? »

Boris a éclaté de rire et conclu :

– C'est elle qui est devenue vraiment moche !

Qu'est-ce que je pouvais ajouter ? Cette situation était ridicule. Dire que j'allais être obligé de convaincre ma propre mère de mon innocence.

Boris m'avait apporté à boire et à manger : des bouteilles d'eau, du pain, quelques boîtes de haricots blancs à la sauce tomate, des chips et du chocolat.

J'ai attrapé un sac de chips et sorti les dessins que j'ai étalés par terre.

– Ton père avait un bon coup de crayon, a constaté Boris au bout d'un moment. Regarde. Un autre ange.

11:22

C'était encore une image de l'ange commando – plus petit que sur le premier dessin, mais avec le même casque de la première guerre mondiale sur la tête et le même masque à gaz autour du cou.

– Ton père était croyant ? a demandé Boris en examinant le visage de l'ange.

– Il n'allait pas à l'église.

J'ai repensé aux conversations que nous avions avec mon père, surtout en bateau – quand on discutait de l'immensité de l'océan et du ciel, du soleil étincelant sur la mer bleu foncé, des mouettes jouant avec le vent. « Peut-être pouvons-nous élargir notre esprit aux dimensions de l'univers dans lequel nous vivons », disait-il. Il affirmait que c'était la vie sa religion. Qu'il fallait la vivre bien et honnêtement, et se réjouir de tout ce qui arrivait, parce que tout ce qui arrive fait partie de la vie, que cela nous plaise ou non. Je n'étais pas tout à fait sûr de comprendre.

– Pourquoi il a dessiné un ange, alors ? s'est étonné Boris. Et pourquoi deux fois ?

J'ai étudié de plus près le visage sérieux de l'ange. Il n'avait pas l'air sévère, comme je l'avais d'abord pensé. Il avait plutôt l'expression de quelqu'un qui n'a pas de temps à perdre.

Quelqu'un qui a une mission à accomplir.

– Les médecins m'ont expliqué que le cerveau de mon père pouvait seulement tourner autour des idées qu'il tentait d'exprimer sans y parvenir directement.

– Tu veux dire qu'en dessinant un ange, il a peut-être voulu désigner le diable ?

J'ai secoué la tête.

– Non. Il essayait de s'approcher de l'idée, pas d'exprimer son contraire.

– OK, a fait Boris en tapotant du doigt le dessin suivant. Qu'est-ce que tu penses de celui-ci ?

Le dessin représentait un serveur, un nœud papillon autour du cou, portant un plateau sur lequel étaient posées deux cartes à jouer – un as de cœur et un valet de trèfle.

– Ton père jouait aux cartes ?

– Quelquefois. L'été, dans la maison de la plage, il nous arrivait de jouer à des jeux de société ou aux cartes.

Le troisième dessin était en fait une collection de plusieurs petits croquis étranges. On aurait dit que mon père les avait griffonnés pour se faire la main.

Il y avait une vieille montre à gousset, une paire de lunettes de soleil, un ruban noué, un peigne orné de fleurs et quelque chose qui ressemblait à un médaillon enfilé sur une chaîne. Je ne distinguais du médaillon que les feuilles et les volutes qui en décoraient le contour.

Nous sommes passés au dessin suivant, un singe blanc avec un collier fantaisie autour du cou et une balle à la main.

– Pourquoi il a dessiné ça ? a demandé Boris. Et celui-là ?

Il a ramassé le cinquième dessin.

Je le lui ai pris des mains pour l'examiner attentivement. C'était un croquis du Sphinx de Gizeh. Couché sur le sable, il nous fixait de ses yeux rendus aveugles par l'érosion.

– Ton père a travaillé en Égypte ?

– Je ne crois pas. Je ne me souviens pas qu'il ait parlé de ce pays.

Devant le Sphinx, s'insérant presque parfaitement entre les pattes en granit de cet énorme lion à tête d'homme, se dressait le buste d'un Romain.

– De qui s'agit-il ? a continué Boris.

Sur l'épaule de ce personnage à l'air grave, on distinguait les plis d'une toge.

– Aucune idée. Un empereur romain ?

– Et celui-là ?

Boris me montrait un autre dessin, celui d'un enfant une rose à la main.

À nouveau, j'ai secoué la tête.

Le dernier dessin semblait représenter une porte d'armoire ancienne, décorée, dans sa partie supérieure, de sculptures élaborées, et munie, au centre, d'un gros anneau en métal. Au-dessus du dessin, le chiffre cinq était placé dans un ovale.

– Ça te dit quelque chose ?
– Non.
– Et le chiffre cinq ?
– Non plus.
– Ce dessin avec tous ces trucs bizarres – la montre, le ruban, les lunettes de soleil, le médaillon, le peigne – ça me rappelle un de ces tests d'intelligence où il faut trouver l'élément commun à une série d'objets.
– Tu as raison, ai-je répondu en reprenant le dessin. Même s'ils sont tous différents, ce sont des objets qu'on porte sur soi. Qu'est-ce que ça pourrait signifier, à ton avis ?
– Franchement, j'en sais rien.

Je lui ai donné un coup de poing sur le bras en riant.

– Eh bien, il va falloir le découvrir. C'est déjà un début.

Je me souvenais de la fois où le vieux réveil mécanique de mon père s'était ouvert en tombant de son bureau, répandant autour de lui des vis, des bouts de métal, des petits rouages, ses aiguilles et un long ressort. C'était probablement pareil avec ces dessins. Ils étaient des images éparpillées au hasard, jaillies d'un cerveau en panne.

J'ai eu le sentiment que mon père était encore présent à travers ses dessins ; il me parlait, m'envoyait des messages. Mais serais-je assez astucieux pour les comprendre ? Je n'en étais pas sûr. Même avec l'aide de Boris, je sentais que ce serait une tâche difficile.

– Ralf s'apercevra que les dessins ont disparu la prochaine fois qu'il ira au mausolée.

– J'y ai déjà pensé, a dit Boris. Mais il croira d'abord qu'il a perdu la clé. Alors, il en fera faire une autre. Ce qui nous laisse un peu de temps avant qu'il remarque la disparition. Et puis, nous savons que d'autres gens s'y intéressent également. Tes ravisseurs.

– À ton avis, Ralf pourrait penser que c'est la femme et ses complices qui les ont volés ?

– S'il a piqué les dessins, c'est qu'il est au courant de pas mal de choses sur l'Énigme et la Singularité Ormond. Il doit savoir aussi qu'il n'est pas le seul sur l'affaire. Je ne vois pas pourquoi il te soupçonnerait en premier.

– Je me demande d'où il tient ses informations.

– C'est certainement ton père qui lui en a parlé. Ils étaient frères.

– Oui, c'est vrai, mais ils n'ont jamais été proches. Mon père n'a pas dit qu'il s'était confié à Ralf. Au contraire, il m'a bien recommandé de ne parler à personne ni de l'ange ni du secret.

Après tout, l'intérêt de Ralf pour ces dessins venait peut-être simplement du fait qu'il était le frère jumeau de papa – mais mon instinct me soufflait une autre hypothèse. J'avais entendu parler de jumeaux capables de terminer la phrase l'un de l'autre. Et si oncle Ralf possédait une sorte de sixième sens, une sorte de connexion spéciale avec mon père, bien qu'ils n'aient jamais été très liés ?

– Je n'ai aucune confiance en mon oncle, ai-je conclu.

Boris a aligné les dessins devant lui.

– Commençons par l'ange.

Il a allumé son ordinateur portable et nous avons lancé une recherche d'images d'anges sur le Net. Il y en avait beaucoup, des jolis anges roses aux effrayantes Walkyries en passant par les anges déchus. Nous avons également découvert des histoires d'anges assez étonnantes, mais rien sur l'ange commando.

15:14

Nous avions au moins trouvé un semblant de sens à la série d'objets et nous savions que l'ange, de toute évidence l'ange Ormond, avait été dessiné deux fois. Mais qu'est-ce que cela nous apprenait ?

En cherchant un endroit sûr où dissimuler les dessins, nous avons eu la chance de tomber sur la cachette idéale, dans l'une des grandes cheminées. Plusieurs briques descellées nous ont facilité la tâche et nous n'avons eu aucun mal à creuser le mortier sablonneux qui était derrière.

Nous avons glissé les dessins dans le trou du mur, en y joignant la feuille de calque que j'avais prise dans la vieille valise de mon père, avec les deux noms écrits dessus. Puis nous avons remis les briques en place. Personne n'aurait jamais l'idée d'aller y regarder.

– Dis, Cal, cette feuille avec les noms, et si c'était la carte ? Tes ravisseurs t'ont posé des questions à propos d'une carte, non ? Ces noms, G'managh et Kilfane, pourraient être des lieux ?

– Tu as peut-être mis le doigt sur quelque chose ! Mais tu as déjà vu une carte sur laquelle il n'y a que des noms et rien d'autre ? Ni rivières, ni routes, ni rien de ce genre ?

– Non, tu as raison. Tu as rappelé ta mère ? Elle s'inquiète beaucoup pour toi.

– Oui, elle m'a demandé de rentrer à la maison, mais c'est impossible, pas maintenant. Comment peut-elle imaginer que j'ai agressé Gaby et Ralf ?

– Je ne comprends pas, a dit Boris en ramassant son sac. Je suis vraiment désolé, Cal, mais il commence à se faire tard ; je dois y aller avant que ma mère panique.

J'ai désigné le trou dans le plancher.

– Tu peux sortir en rampant sous la maison. Tu arriveras directement dans la jungle du jardin.

– Merci, je préfère une sortie plus digne, a-t-il plaisanté en enjambant la fenêtre par laquelle il était entré.

Je regrettais amèrement qu'il soit obligé de partir.

Son regard a fait le tour de la pièce, s'attardant sur les lambeaux de papier peint qui pendaient des murs comme de vieux linceuls.

– Combien de temps tu comptes rester ici ? Qu'est-ce que tu vas faire ?

Je n'ai pas répondu. Je n'en savais rien. Il fallait d'abord que je comprenne à quoi rimait toute cette histoire afin de protéger ma famille. L'ennemi était toujours à l'affût.

13 janvier
J –353

11:00

Assis dans la maison, je fixais le plancher en me demandant comment j'allais pouvoir me sortir de cette situation. Je me sentais complètement paumé.

J'ai fait une tentative de ménage, mais j'ai vite abandonné après avoir balayé les cadavres de mouches et les crottes de rat. À quoi bon ?

J'étais obligé de garder les fenêtres obstruées pour ne pas me faire repérer, mais si j'ouvrais la porte de derrière de façon à laisser entrer un peu d'air, je ne risquais pas grand-chose.

J'ai décidé ensuite de me laver sous la douche cassée. Cela m'a soulagé.

Légèrement revigoré, avec le sentiment que mon environnement était un tout petit peu plus accueillant, j'ai ouvert une boîte de haricots à la sauce tomate que j'ai mangés froids, avec du chocolat en guise de dessert.

« C'est donc ça, la vie d'un fugitif », ai-je pensé.

J'ai ressorti les dessins. Je les ai à nouveau étalés sur le sol et étudiés pendant des heures, en essayant de comprendre ce que mon père avait voulu dire...

16 janvier
J –350

09:59

J'avais passé les deux derniers jours caché dans la maison à analyser les dessins. Mais j'avais besoin d'argent. Il fallait que je sorte. J'ai sauté dans un bus, choisi une place au fond, gardé la tête baissée et ma casquette enfoncée jusqu'aux sourcils. C'était bon d'être dehors, de se sentir un ado comme les autres qui prenait les transports en commun.

J'ai changé de bus pour sortir de la ville, vers une banlieue que je connaissais à peine. Là, j'ai retiré une partie de mes économies à un distributeur. Si la police était informée de ce retrait, elle croirait que je me cachais dans le coin.

En regardant autour de moi, j'ai aperçu une voiture de police qui descendait la rue. Instinctivement, je me suis enfoncé dans l'encoignure d'une porte en attendant que la voiture passe. Quand elle a fini par accélérer et s'éloigner, je me suis remis en route.

Pendant tout le trajet du retour en bus, j'ai pensé à ma mère et à ma petite sœur. Je me faisais beaucoup de souci pour elles. Je me demandais combien de temps je pourrais tenir dans ces conditions.

17 janvier
J –349

11:31

Par deux fois, des clochards ont essayé de s'introduire dans la maison. Heureusement, j'avais replacé les lattes qui condamnaient la fenêtre avec des clous trouvés au fond d'un pot, me servant d'une brique en guise de marteau.

La porte du fond avait encore un vieux verrou, pratique pour la bloquer. Et, en cas d'urgence, je pouvais toujours me sauver par le trou du plancher et ramper sous la maison. J'avais déniché un bout de tapis que j'avais jeté sur cette issue pour la camoufler.

Mon épaule continuait à me faire mal, mais ma blessure à la main n'était plus qu'une cicatrice rose foncé.

Parfois, je la regardais en repensant à la nuit dans la baie des Lames. J'avais l'impression que cela remontait à des mois. Si j'avais réussi à survivre cette nuit-là, je devais parvenir à me sortir de n'importe quelle situation.

J'avais acheté du gel coiffant, du papier-transfert pour tatouages, des ciseaux et des faux piercings. En m'aidant du morceau de miroir fêlé toujours accroché au mur de la salle de bains, je me suis coupé les cheveux avant de les enduire de gel. Enfin, j'ai appliqué les tatouages temporaires sur mes bras et collé les faux clous : un, juste sous ma lèvre inférieure, l'autre sur mon sourcil gauche. Quand j'ai examiné le résultat, je n'ai pas trouvé beaucoup de ressemblance avec mon portrait diffusé par les médias, surtout que j'avais déjà perdu du poids.

En contemplant ce reflet inconnu, je me suis soudain senti encore plus seul, plus malheureux, et plus furieux que ma mère puisse croire que j'avais agressé Gaby. Il fallait absolument que je la convainque de mon innocence. J'ai allumé mon portable et je l'ai appelée.

– Maman ?

– Cal ! Mais où étais-tu passé ? Qu'est-ce que tu fais ? Je t'en supplie, rentre à la maison !

– Impossible, maman. C'est trop dangereux pour moi. Et je ne parle pas seulement des flics.

– Reviens ! J'étais folle d'inquiétude. Où es-tu ? Qui s'occupe de toi ?

– Ça va, maman. Je m'occupe très bien de moi tout seul, ne t'inquiète pas. Écoute, que les choses soient bien claires. Quand je suis rentré à la maison l'autre jour, oncle Ralf était évanoui et Gaby ne respirait plus. Je ne les ai pas agressés, ni l'un ni l'autre.

– Cal, Ralf a entendu ta voix. Gaby criait : « Non ! Cal ! Pas ça, Cal ! Non ! » Ce sont les derniers mots qu'elle a prononcés avant de tomber dans le coma.

Ma mère a ajouté d'une voix tremblante :

– La police a relevé tes empreintes sur le revolver, Cal.

Puis elle a éclaté en sanglots, désespérée.

Plusieurs images terrifiantes des derniers jours ont alors explosé dans ma tête, comme une projection de vidéos qu'on m'aurait imposée pour me torturer. La tempête, les requins, Memorial Park, la toile de jute sur ma tête, l'ange, le fou, le caveau de famille, Gaby inanimée par terre, la masse métallique noir bleuté du revolver... le revolver de Ralf.

– Quel revolver ? Arrête de pleurer et explique-moi de quoi tu parles ! ai-je crié à ma mère en larmes.

Mon ton a paru la choquer. Ses sanglots se sont calmés.

– Cal, quelqu'un a tiré sur ton oncle, a-t-elle dit d'une voix lente et grave. On a retrouvé le revolver. Il y a tes empreintes dessus.

– C'est le revolver de Ralf ! Je l'ai manipulé chez lui, l'autre jour, quand je suis allé chercher mon enveloppe.

– Tu veux dire que tu t'es introduit chez lui ? a-t-elle demandé, incrédule.

Elle a pris une profonde inspiration et expiré bruyamment.

– Il le fallait ! Pour récupérer les dessins ! Il t'a menti, maman. Cette enveloppe m'était adressée à *moi* !

– Cal... a-t-elle soupiré.

– J'ai trouvé le revolver dans son tiroir. Il est revenu le prendre alors qu'il était censé être avec toi chez le notaire ! Où est-ce que je me serais procuré un revolver, maman ? Réfléchis, enfin ! Ça ne s'achète pas au supermarché du coin ! Ralf prétend avoir entendu ma voix ? Il ment ! Je ne sais pas pourquoi, mais il ment ! Et Gaby a dû comprendre que des gens me traquent. Elle essayait sûrement de me prévenir !

– Pourquoi t'es-tu enfui, alors, quand la police est venue ? Oh écoute Cal, ça ne fait rien, rentre à la maison, s'il te plaît. On parlera de tout ça. Nous savons que tu n'avais pas l'intention de blesser qui que ce soit, mon chéri. Tu ne te souviens même pas de ce que tu as fait.

J'ai explosé de colère.

– Mais je n'ai rien fait ! Comment je pourrais me souvenir de quelque chose que je n'ai pas commis ? Qui te bourre le crâne avec ces idioties ? Maman, c'est moi, Cal, ton fils ! Qu'est-ce qui t'arrive ?

Elle était persuadée que j'étais coupable, que j'avais agressé Gaby, ma petite sœur, que j'avais tiré sur mon oncle !

– Cal, je t'assure que je ne t'en veux pas ! Je sais par quoi tu es passé – de nous tous, c'est toi qui as le plus souffert. Je t'en prie, Cal, nous pouvons t'apporter de l'aide !

– Je n'ai pas besoin de ce genre d'aide ! ai-je crié.

Quel dialogue de sourds ! Je ne pouvais pas prouver mon innocence au téléphone.

– S'il te plaît, Cal. Rentre à la maison. Tu ne peux pas imaginer ce que j'endure ! J'ai l'impression de perdre deux enfants à la fois !

Sa voix s'est à nouveau brisée et elle s'est remise à sangloter.

– Maman, ai-je dit calmement. Je n'ai rien fait, je te le jure. Dès que j'aurai prouvé mon innocence, je rentrerai à la maison. Pour l'instant, je me trouve dans une situation dont les enjeux me dépassent...

Mon portable a émis un bip : ma batterie s'épuisait. Il fallait que je la remplace par celle que Boris m'avait donnée.

Soudain, une voix d'homme s'est substituée à celle de ma mère.

– Cal ? C'est toi ?

– Qui êtes-vous ?

Et puis j'ai compris. La police était chez nous !

J'ai aussitôt raccroché.

19 janvier
J –347

05:03

J'ai refait le même cauchemar. Les mêmes images, les mêmes sensations terrifiantes ont perturbé mon sommeil : perdu, impuissant, je frissonnais de peur et de froid. Je me suis réveillé en nage, désespéré.

Le jour pointait. Je me suis levé et lavé la figure à l'eau froide. Comment un chien en peluche pouvait-il être si effrayant ? Cela n'avait aucun sens. Mais la réalité que j'étais en train de vivre était elle aussi un cauchemar : Gaby clouée sur un lit d'hôpital, Ralf jetant les soupçons sur moi, mes empreintes sur le revolver, ma propre mère qui ne me croyait pas, la police à mes trousses…

Je n'avais aucune chance de m'en sortir.

23 janvier
J –343

21:21

Une autre semaine venait de s'écouler et ma situation devenait vraiment pénible. Vivre caché ne faisait qu'empirer les choses.

Chaque matin, j'étalais les dessins sur le sol pour les étudier. C'était mon travail, ma priorité. Je prenais des notes, je gribouillais sur un papier toutes les idées qui me passaient par la tête. Je savais que d'une façon ou d'une autre ils avaient un rapport avec moi, avec ma famille.

Presque tous les jours, je sortais à l'air libre, à l'arrière de la maison, là où les tôles de guingois protégeaient encore la vieille véranda, et je piochais dans les provisions que Boris m'avait apportées.

Puis je retournais aux dessins…

JANVIER

Le temps s'écoulait lentement.

J'ai profité de l'obscurité de la nuit pour me glisser dehors. Je devais acheter à manger et des piles pour ma lampe torche.

25 janvier
J –341

20:56

J’avais très mal dormi les deux dernières nuits et je ressentais une profonde fatigue. J’ai décidé de recopier les dessins. Je voulais les pénétrer de l’intérieur, espérant qu’ils me révéleraient leur secret. Mais quel support pouvais-je utiliser ?

21:32

Debout devant un mur, j’ai examiné attentivement l’ange commando et j’ai sorti un feutre noir de mon sac pour le reproduire directement sur le papier peint. Sa silhouette a pris forme quand j’ai esquissé sa stature impressionnante en donnant la plus grande amplitude possible à mon tracé. Bientôt, l’ange m’a dominé de toute sa taille.

Ensuite, je me suis déplacé sur le côté pour dessiner le singe, avec la balle dans la main, puis le serveur tenant le plateau avec les cartes à jouer, l'empereur romain et le Sphinx, la porte d'armoire et son numéro cinq, le garçon à la rose… J'ai regardé autour de moi sans trouver de réponse. Ces images que j'étudiais sans arrêt depuis que je les avais découvertes m'observaient, à croire qu'elles me demandaient de l'aide. Je les ai fixées à mon tour, comme pour leur crier « Je ne sais pas ! »

« Aide-moi, papa ! ai-je murmuré dans ma tête. Qu'essayais-tu de me dire quand tu as fait ces dessins ? »

Je me sentais impuissant et minable. De frustration, j'ai commencé à tirer sur le papier peint pour déchirer l'ange géant, lui arracher les ailes, déchiqueter le singe et le Sphinx…

Je suis tombé à genoux et j'ai contemplé le gâchis. Seul le serveur était resté intact sur le mur. Il me dévisageait entre deux lambeaux de papier peint, son plateau devant lui, m'offrant son valet et son as de cœur. Le valet valant 10, l'as valant 11, 10 + 11 = 21. Ses deux cartes valaient 21 points ! Black-jack !

28 janvier
J –338

Joe's Café
Macquarie Hills

12:24

Pourquoi le serveur portait-il la combinaison gagnante sur son plateau ? J'avais besoin que Boris m'aide. Mais il courait un trop grand danger à venir me voir ; il préférait m'éviter jusqu'à ce que l'agitation retombe.

Rester seul aussi longtemps dans cette vieille masure pourrie me rendait dingue. J'avais perdu la notion des jours. Les dessins n'avaient rien révélé d'autre et je n'étais pas près de découvrir qui avait attaqué ma famille, ni pourquoi.

Le temps filait et je tournais en rond.

J'ai cru entendre des rats galoper à l'étage ; il m'a semblé sentir une odeur de charogne. La chaleur n'améliorait pas la situation. Il fallait que je sorte. Pour la première fois depuis mon expédition en bus, j'ai pris le risque de me glisser dehors en plein jour.

J'ai commandé un croque-monsieur au Joc's Café, une petite sandwicherie d'une zone industrielle. Je me suis assis, les yeux rivés sur la télévision, savourant le premier repas digne de ce nom que j'avalais depuis longtemps. Personne ne m'a remarqué, jusqu'à ce que je manque tomber de mon tabouret. J'ai fait semblant d'avoir lâché mon sac mais, en réalité, je venais de voir le visage de ma mère envahir soudain l'écran de la télé posée sur l'étagère derrière le comptoir.

– Rappelle-moi, Cal, je t'en prie, suppliait-elle. Nous pourrons tout arranger. Je ne t'en veux pas, ton oncle non plus. Nous te demandons juste de rentrer à la maison pour nous aider à résoudre ce problème. Tu es sûrement malade. Tu peux être pris en charge par des spécialistes…

La caméra a reculé et j'ai vu oncle Ralf, la tête bandée, un bras en écharpe, debout à côté de ma mère, une main fermement posée sur son épaule.

J'en suis resté sans voix.

J'avais envie de dire : « Pourquoi tu ne me crois pas, maman ? Qu'est-ce qui te prend ? » Elle me connaissait, quand même ! J'étais son fils !

– ... Nous savons que tu as été soumis à une pression effroyable ces derniers temps. Reviens à la maison pour qu'on puisse en parler ensemble.

Elle s'est mise à pleurer; Ralf a entouré ses épaules de son bras valide et l'a serrée contre lui.

J'ai eu envie de téléphoner à ma mère, mais je savais que cela ne servirait à rien.

Mon propre visage est alors apparu à l'écran. Cette fois, je ne me suis ni sauvé en courant ni caché – c'était inutile. Je n'avais plus rien à voir avec ce lycéen au teint frais éclatant de santé que montrait la télé. Il appartenait au passé.

29 janvier
J –337

La planque
38 St Johns Street

10:29

Mon portable a sonné. Boris !

– Ils ne me surveillent plus. Je crois que je peux prendre le risque de venir te voir. De quoi tu as besoin ?

– De vêtements et de nourriture.

J'appréciais d'avoir un ami aussi fidèle que Boris ; sans son aide, je ne sais pas ce que j'aurais fait.

Tous mes autres amis allaient bientôt retourner au lycée. Je me demandais ce qu'ils pensaient de cette histoire. Ils n'en croyaient sûrement pas un mot. Tous reprendraient dans quelques jours les activités quotidiennes qui remplissaient ma vie depuis une dizaine d'années, tandis que moi, je serais obligé de continuer à vivre comme un criminel – en cavale.

11:45

Quand Boris est entré dans la maison abandonnée, il m'a dévisagé d'un air ahuri en pointant un doigt vers les piercings qui ornaient ma lèvre et mon sourcil, et les tatouages collés sur mon cou et mes bras.

– Nom d'un chien ! Qu'est-ce que tu as fait ?

– T'inquiète pas, c'est du toc. Il fallait que j'effectue quelques petites transformations et je n'ai pas trouvé mieux.

– T'es drôlement moche !

– Et toi t'as drôlement grossi ! ai-je répliqué, surpris de le voir aussi corpulent.

Il a secoué la tête en riant.

– Merci ! Comme je préférais ne pas me trimballer avec d'autres sacs que celui-là, a-t-il dit en me tendant les provisions qu'il avait apportées pour moi, j'ai enfilé quelques couches de vêtements supplémentaires. Maintenant, je peux enfin les enlever.

Ça ne m'étonnait pas de mon ami Boris.

12:05

Une fois de plus, nous avons examiné les dessins. Je lui ai montré le 21 :

– Tu vois ?

– Oui, c'est la combinaison gagnante. Le black-jack.

Nous nous sommes regardés.

– Tu te sens bien ? ai-je demandé en me rapprochant pour l'observer de plus près. Tu es tout blanc.

– Oh ! c'est rien, la chaleur... Qu'est-ce qui est arrivé ici ? s'est-il exclamé en désignant le papier peint déchiqueté.

– J'ai refait la déco.

15:29

Nous avons étudié les dessins pendant des heures en essayant de trouver un sens aux cartes. Un black-jack. Et alors ? C'était peut-être une simple coïncidence. J'avais mal aux yeux et il me semblait qu'on avait passé ma tête dans le séchoir à linge.

Jamais nous ne réussirions à déchiffrer le sens de ces dessins – si toutefois ils en avaient un. Après tout, mon père avait attrapé un virus qui s'était attaqué à son cerveau. Personne ne pouvait savoir ce qu'il pensait.

Ces dessins qui me paraissaient si passionnants quelques jours plus tôt ne m'intéressaient plus. L'ange n'était qu'une figure disparue depuis longtemps, vague image rescapée d'une guerre qui avait pris fin il y a presque un siècle.

– On est dingues de croire que ces dessins ont une signification quelconque.

– Allez, mec. Te décourage pas. Même le médecin a dit qu'ils avaient un sens pour ton père. Et les autres membres de ta famille ? Ils détiennent peut-être des informations utiles sur l'Énigme Ormond ?

– Je n'ai pas beaucoup de famille, juste un grand-oncle, très âgé, qui vit quelque part à la campagne. Et une grand-tante, à peu près aussi vieille, que je n'ai jamais rencontrée.

Je ne conservais que des souvenirs vagues de mon grand-oncle, celui dont mon père avait hérité son amour des avions et du pilotage. Papa me l'avait décrit comme un personnage haut en couleur.

Je me suis frotté l'épaule.

– Elle me fait toujours mal. Et pourtant, ça fait un bail que je me suis cogné.

Boris y a jeté un coup d'œil.

– Elle est un peu enflée.

– Je n'en mourrai pas.

– Non, mais si tu restes ici, ça pourrait bien t'arriver. Tu as besoin de vacances à la campagne.

Et un grand-oncle très âgé est exactement le genre de personne qui devrait connaître plein d'histoires sur ta famille. Il a dû en voir dans sa vie.

Devant mon air dubitatif, Boris a insisté. Il faisait tout pour me convaincre, en vain.

– Je ne sais même pas où il habite.

– Dis-moi où je peux trouver son adresse et je te la donne ce soir, a proposé Boris.

Je lui ai décrit le petit carnet que ma mère laisse toujours à côté du téléphone dans la cuisine. J'étais sûr que l'adresse était notée à l'intérieur.

21:40

Plus tard ce soir-là, j'étais assis dehors sur la véranda, me demandant comment me rendre à la campagne quand j'ai été interrompu dans mes réflexions par un texto de Boris.

Vomi 2pui D zeur. Dzolé. Tro mala2. Iré mieu bi1to.

Je ne pouvais plus attendre. J'allais devoir entrer par effraction dans ma propre maison.

30 janvier
J –336

Chez moi
Flood Street, Richmond

01:13

Emmitouflé dans la veste que Boris m'avait apportée, j'avais pris le chemin de la maison en pleine nuit. Je marchais vite, sans faire de bruit, regardant constamment derrière moi pour vérifier qu'on ne me suivait pas.

Quand je suis arrivé au coin de ma rue et que j'y ai jeté un coup d'œil, j'étais déjà à bout de nerfs. C'est alors que, surgissant de l'obscurité, des phares m'ont brusquement ébloui. Aussitôt, j'ai plongé dans le jardin le plus proche, où je suis resté accroupi jusqu'à ce que la voiture ait disparu. Ce n'était sans doute qu'une fausse alerte, mais je ne pouvais pas m'empêcher de me méfier de tout et de tout le monde.

J'ai poursuivi mon chemin et constaté avec soulagement qu'il y avait une seule voiture stationnée devant chez moi, celle de ma mère.

Cependant, en m'approchant, j'ai eu un choc. Un panneau « Maison à louer » était planté dans le jardin. Ma mère avait sans doute pris cette décision pour gagner de l'argent. Où irait-elle habiter avec Gaby ? Mon cœur s'est serré. Je me doutais de l'endroit où elles s'installeraient : chez Ralf. Cette idée m'a rendu malade.

Je me suis faufilé dans le jardin. Heureusement, la clé de secours était toujours à sa place, sous le cactus en pot. Tel un fantôme, je me suis glissé à l'intérieur de la maison. Tout était calme et sombre.

J'ai traversé le salon pour rejoindre la cuisine. Une fois sur place, j'ai cherché à tâtons le petit carnet posé à côté du téléphone, puis, à la lueur du clair de lune, je l'ai feuilleté jusqu'à ce que je trouve l'adresse de mon grand-oncle Bartholomé. J'ai sorti un bout de papier de la poubelle pour la recopier.

Kilkenny

Mount Helicon

J'ai entendu un grondement sourd derrière moi.
Stupéfait, j'ai fait volte-face.
Ma mère avait-elle un chien maintenant ? Un chien de garde ?
Immobile, j'ai attendu que mes yeux s'habituent un peu plus à l'obscurité...

01:20

Là, devant moi, allongé sur le canapé, oncle Ralf ronflait. Je ne l'avais pas vu en traversant le salon. Si jamais il se réveillait maintenant, son regard tomberait droit sur moi !
Osant à peine respirer, je suis sorti sans bruit de la cuisine en marchant le plus doucement possible, sans quitter le dormeur des yeux.
C'est alors qu'un grincement dans l'escalier m'a fait sursauter. J'ai pivoté rapidement sur moi-même et j'ai aperçu la silhouette de ma mère qui descendait les marches.
Reculant à pas de loup, je me suis abrité derrière la grande bibliothèque et j'ai retenu mon souffle, terrifié à l'idée qu'elle m'entende. Elle est entrée dans le salon, a dépassé le canapé où dormait Ralf puis s'est arrêtée, attirée par quelque chose qui se trouvait sur la cheminée. Elle a ramassé une photo encadrée de Gaby et moi prise au début de l'année dernière, avant le départ de mon père pour l'Irlande. Elle l'a contemplée longuement.

J'ai remarqué que, dans son autre main, elle tenait une photo de lui, celle qu'elle gardait à côté de son lit. Malgré moi, j'étais le témoin muet du chagrin et de la douleur de ma mère. Elle et moi avions presque tout perdu et je ne pouvais même pas la réconforter.

Mes yeux se sont remplis de larmes.

Au bout d'un moment, elle s'est détournée, a rebroussé chemin et a remonté l'escalier en serrant les deux photos sur son cœur.

J'aurais aimé monter moi aussi, me glisser dans mon lit. Après tout, peut-être valait-il mieux renoncer à cette enquête et me dénoncer ? Puis mon regard s'est porté sur un portrait de mes parents accroché au mur, une photo prise des années auparavant pendant des vacances qu'ils avaient passées ensemble. Même dans la pénombre, les yeux de mon père semblaient plonger dans les miens, me rappeler que je m'étais promis de veiller sur ma famille, d'élucider le mystère des dessins et celui de l'Énigme Ormond.

Debout dans le noir, je me suis alors fait une autre promesse : un jour, je reviendrais dans cette maison ; quel qu'en soit le locataire, je le rembourserais ; ma mère et Gaby pourraient y habiter à nouveau. Et tout redeviendrait comme avant. Non, ce serait même mieux qu'avant – beaucoup mieux. Ce serait comme si mon père était de retour parmi nous, parce que j'avais désormais la ferme intention de découvrir l'énorme secret qu'il avait été sur le point de nous révéler. Et quel que soit ce secret, il nous relierait à jamais à lui.

En faisant cette promesse, j'ai senti naître en moi une nouvelle énergie et une nouvelle détermination. Même si, pour l'instant, la situation paraissait désespérée, je savais que, quoi qu'il arrive, je trouverais le moyen d'accomplir la mission que je m'étais donnée.

La planque
38 St Johns Street

10:14

J'étais réveillé et je mangeais de nouveau mon plat froid de haricots blancs à la sauce tomate. J'avais pris des engagements que je devais tenir. Maintenant que je connaissais l'adresse de mon grand-oncle, je pouvais me préparer à prendre la route. Tout ce qu'il me fallait, c'était une carte… et un chauffeur ! Mais d'abord, j'avais besoin de voir Boris.

Je commençais à ranger mes affaires dans mon sac à dos en y ajoutant quelques provisions pour le voyage quand, justement, Boris m'a envoyé un texto.

JANVIER

V bcp mieu. Mé tjr surVyé. Koman tafé pr adrS ? rdv 2m1 a 2h la ou on fezé dess1 a la craie. Pren-lé avc toi.

J'ai tout de suite compris de quel endroit il parlait et ce qu'il voulait que j'apporte. L'année dernière, nous allions souvent traîner dans un parking de cinq étages pour y inscrire des bêtises sur les murs.

J'attendrais un jour de plus avant de partir chez mon grand-oncle.

T1kièt. G l'adrS. a2m1.

31 janvier
J –335

Parking
Liberty Mall

14:03

Boris n'était pas encore arrivé. Je suis monté au dernier étage pour le guetter. Je n'ai pas tardé à le voir s'approcher au petit trot. Je m'apprêtais à le rejoindre quand j'ai repéré un homme derrière lui.

Boris a traversé la route, l'homme l'a suivi. C'est alors que je me suis rendu compte que Boris avait raison : il était toujours surveillé. Et il menait droit vers moi celui qui l'avait pris en filature !

Sans le quitter des yeux, je l'ai aussitôt appelé sur son portable.

– Ne te retourne pas ! Tu es suivi ! Débarrasse-toi de ce type !

Pendant que je lui parlais, Boris s'est arrêté. L'autre s'est arrêté aussi et a fait semblant de lacer ses chaussures. Puis, brusquement, Boris est revenu sur ses pas et quand l'autre s'est redressé, il a failli le renverser. J'ai quitté mon poste de guet pour m'enfoncer dans le parking.

14:19

J'ai entendu un bruit : Boris accourait en soufflant comme un bœuf.

– Je l'ai promené dans tout le parking, a-t-il déclaré avec un grand sourire. Tu l'aurais vu ! Il n'en pouvait plus de monter et descendre !

Il s'est écroulé en s'essuyant la figure.

– Pffff, content que ce soit terminé.

– À ton avis, c'est qui ?

– Un flic, bien sûr. Mais pas en super forme. Trop lent, trop lourd. Il faudra que je fasse encore plus attention à l'avenir, quand je viendrai te voir. Ce n'est pas la première fois qu'on me suit.

– Tu as raison. Dis, Boris, comment va ma mère ?

– Couci-couça. Ton oncle est sorti de l'hôpital.

– Je sais. Il m'a flanqué une trouille bleue, hier soir. Il dormait sur le canapé du salon quand je suis entré dans la maison.

– Alors tu sais qu'elle est à louer ?

J'ai hoché la tête.

– Et Gaby ? Comment va-t-elle ?

– Rien de nouveau. Elle est toujours dans le coma.

– Ça fait presque un mois ! Il serait temps qu'elle se réveille.

Boris a baissé les yeux. Quand il les a relevés, il avait le visage très grave.

– Cal, il faut que je te dise : les médecins pensent qu'elle pourrait ne jamais se réveiller.

– Quoi ?

J'étais effondré.

– Avec le genre de blessures qu'elle a, et le fait qu'elle ait été privée d'oxygène pendant aussi longtemps...

J'ai repensé à ma tentative désespérée pour la ranimer.

– ... elle risque de rester toute sa vie sous assistance respiratoire.

Je n'arrivais pas à le croire. Mon cœur s'est serré. Je me sentais si impuissant. J'ai préféré changer de sujet.

– Je pars à la campagne, ai-je annoncé. Qu'est-ce que tu voulais me dire ?

– J'ai eu une idée. À propos des dessins, des choses qu'on peut porter sur soi. L'ange porte tout un attirail. Et une espèce de médaille.

J'ai sorti avec précaution le dessin de l'ange et nous avons examiné la médaille, juste à côté du masque à gaz.

– Tu m'as bien raconté qu'on avait volé quelque chose à ta mère, un bijou ? Encore un truc qu'on porte...

– Peut-être bien. C'était probablement un cadeau de mon père. Je suppose qu'il s'agissait d'un bijou : ma mère n'avait jamais vu le coffret.

Puis une idée m'a traversé l'esprit.

– Et si l'objet qui se trouvait dans ce coffret était justement la Singularité Ormond ? Un bijou précieux ? Un truc d'une telle valeur que des gens seraient prêts à tuer pour mettre la main dessus ?

– Erreur de logique, mec, a rétorqué Boris. Ils ont déjà mis la main dessus. Et ils essayent toujours de...

– ... me tuer, ai-je continué à sa place.

Il avait raison. La Singularité Ormond devait être beaucoup plus importante qu'un bijou.

– Écoute, Cal. Je ne voudrais pas avoir l'air de dramatiser mais je veux que tu saches que si jamais il t'arrivait quoi que ce soit, je n'abandonnerais pas. J'irais jusqu'au bout pour toi.

Un bruit provenant de l'escalier nous a brusquement interrompus. Deux gardiens se précipitaient dans notre direction.

– Hé, vous là-bas ! Qu'est-ce que vous faites ici ?

– Rien, a répondu Boris tout en m'aidant à rouler les dessins en vitesse.

Je me suis dépêché de les ranger dans la poche arrière de mon sac à dos.

– Eh ben allez donc ne rien faire ailleurs, lança le plus moche des deux.

Puis, remarquant des graffitis sur le mur derrière Boris, il a ajouté :

– Vous étiez en train de taguer ? Qu'est-ce que vous cachez dans ce sac à dos ? Venez ici ! Donnez-moi ça !

Ça a été le signal : nous avons déguerpi sans répondre et dévalé les rampes à une telle allure que je nous voyais déjà, Boris et moi, jaillir dans la rue sans réussir à nous arrêter et foncer tout droit sous les roues d'un bus.

Ce n'est pas arrivé. Nous nous sommes crié au revoir en filant chacun de notre côté, Boris vers chez lui et moi vers la maison abandonnée où j'allais passer ma dernière nuit – je l'espérais en tout cas.

Désormais cette ville devenait trop dangereuse. Il était temps que je m'en éloigne.

Une fois les gardiens du parking semés, j'ai ralenti pour reprendre mon souffle. Boris était le meilleur ami qu'on puisse imaginer mais il ne pouvait pas fuir avec moi. Il avait encore sa place dans le monde normal et je ne voulais pas que ça change.

22:05

À force de déambuler la nuit, je connaissais deux ou trois types payés pour attirer les clients dans les clubs. Quelquefois, ils me lançaient une plaisanterie.

Je me suis assis dans un coin pour manger un cornet de frites qu'un marchand m'avait proposé en échange d'un petit service : écraser tous ses cartons avant de les empiler dans la poubelle, derrière la boutique.

Il m'avait posé quelques questions, puis avait abandonné dès qu'il s'était aperçu que je n'avais pas envie de parler de ma famille. Cependant, j'avais jugé plus prudent de m'éloigner une fois ma besogne accomplie.

Il n'était pas loin de minuit. Demain, on serait en février. Ce qui voulait dire que j'étais en fuite depuis presque un mois...

Mais ce qui voulait dire aussi que j'avais survécu au premier mois.

22:32

Tête baissée, je me suis dépêché de retourner à la maison abandonnée en coupant à travers le centre commercial presque désert. Tout au bout, j'ai vu un groupe d'individus qui paraissaient se disputer devant le casino. J'allais traverser la route pour les éviter quand j'ai compris qu'ils s'acharnaient à trois sur un pauvre type roulé en boule par terre.

Instinctivement, je me suis mis à crier :

– Hé ! Arrêtez !

Ils m'ont ignoré.

Alors, j'ai crié plus fort :

– Police en vue !

Cette fois, les trois agresseurs se sont interrompus. Ils ont regardé autour d'eux et filé en vitesse, laissant leur victime sur place. Je me suis précipité vers le type pour l'aider à se relever mais j'ai fini par renoncer et par l'appuyer contre un mur. Il a alors fait mine de vouloir s'échapper et m'a repoussé en marmonnant.

– La police, y faut que j'me tire.

– Non, ça va. C'était du bluff. Pour faire fuir les autres.

Le danger était passé. J'ai examiné de plus près celui que j'avais aidé. Il paraissait âgé d'une vingtaine d'années et portait une chemise noire, une chaîne en argent autour du cou et un tatouage violet en forme de larme sous l'œil gauche. Il a replié les jambes en gémissant. Il saignait du nez.

– Tu veux que j'appelle un docteur ? Tu es blessé ?

J'avais repéré un centre médical pas très loin de l'auberge pour routards.

– Il n'y a pas de flics ? Tu as menti ? Pourquoi ?

Il parlait lentement, révélant plusieurs dents ensanglantées. Sa voix m'a semblé familière, mais j'ai rapidement écarté cette idée.

– Pour qu'ils partent, ai-je répondu.

À ce moment-là, j'ai perçu le hurlement lointain d'une sirène. Quelqu'un avait peut-être appelé la police. Il était temps que je disparaisse.

Le type s'est redressé péniblement et a approché son visage du mien.

– Tu voulais juste les empêcher de me taper dessus ?

– Ça te pose un problème ?

Il n'a rien dit. Je commençais à me sentir mal à l'aise. Le hurlement de la sirène n'était plus très loin. Je ne pouvais pas rester là.

L'homme à la larme tatouée m'a tendu une main écorchée.

– Ils croient que je suis payé par le casino pour tricher au poker et plumer les clients. Sans toi, ils me faisaient la peau.

Je lui ai serré la main, un peu hésitant.

– Moi, c'est Kevin, a-t-il ajouté.

J'avais déjà entendu ce nom-là quelques jours plus tôt. Et voilà que je l'entendais à nouveau. J'ai choisi le premier prénom qui me venait à l'esprit.

– Et moi, Tom, ai-je dit en pensant à mon père. J'espère que tu t'en remettras. Il faut que je m'en aille.

Pendant que Kevin se relevait, un bruit de verre cassé a retenti derrière moi. Instinctivement, je me suis retourné. L'un des agresseurs était revenu et partait déjà en courant pour sauter dans une voiture qui l'attendait. À l'évidence, il venait de jeter quelque chose à travers la vitre du casino.

Au moment où la voiture démarrait, une explosion assourdissante m'a ébranlé de la tête aux pieds, suivie d'un rugissement. En quelques secondes, la devanture du bâtiment a disparu sous les flammes. Une bombe incendiaire ! Et s'il y avait des gens à l'intérieur du casino ? Je ne pouvais pas me sauver sans leur porter secours. J'ai couru vers le feu mais je me suis arrêté aussitôt. Les flammes s'élevaient à une hauteur incroyable dans le ciel noir, projetant d'immenses gerbes d'étincelles.

J'ai reculé en chancelant devant la chaleur infernale qu'elles dégageaient. Une autre explosion a retenti. Tout le bâtiment s'est embrasé.

Cloué sur place, j'ai contemplé le désastre. De nouveau, des sirènes se sont mises à hurler dans la nuit.

Il était temps de disparaître.

23:02

J'ai commis une erreur fatale : j'ai oublié d'être vigilant.

Hypnotisé par le feu, je n'ai pas entendu la Subaru noire s'approcher. Quand je l'ai remarquée, il était trop tard. Elle me frôlait déjà.

– Hé ! Ça va pas ? ai-je hurlé.

La portière arrière s'est ouverte ; on m'a tiré à l'intérieur.

– Lâchez-moi !

– La ferme ! Et tiens-toi tranquille !

Être kidnappé devenait une habitude et cela ne me plaisait pas du tout.

Je me suis débattu comme un diable, balançant des coups de pied dans tous les sens, mais on m'a bloqué les jambes et tordu les bras dans le dos.

– On peut employer la méthode forte ou la méthode douce, a déclaré mon ravisseur, un type balèze vêtu d'un gilet rouge avec un caractère chinois peint en noir sur la poitrine. Si tu restes tranquille, je te lâche les bras.

– OK, OK. Qui êtes-vous ? Qu'est-ce que vous me voulez ?

– Tu ne ressembles pas à la photo dans les journaux, mais on t'a identifié, a dit Gilet Rouge.

– Hé ! Qu'est-ce qui vous prend ? Ça va pas la tête ?

Il venait d'attraper mon sac à dos pour le vider.

Lui aussi cherchait les dessins ?

J'ai alors reconnu le chauffeur de la voiture. C'était le costaud qui avait suivi Boris ! Il n'était donc pas flic.

– Qui êtes-vous ? ai-je répété. Qu'est-ce que vous voulez ?

– Notre boss aimerait avoir une petite conversation avec toi, fiston.

Qui étaient ces types ? Travaillaient-ils pour la femme qui m'avait interrogé l'autre fois ? Était-ce cette femme qui m'avait téléphoné ? S'il s'agissait encore d'elle, j'étais dans de sales draps. Un frisson glacé m'a parcouru le dos.

Lieu inconnu

23:26

J'ai essayé de voir où on allait mais, couché sur la banquette arrière, c'était difficile. Finalement, la voiture s'est arrêtée et j'ai réussi à me redresser un peu. L'endroit ressemblait à une zone industrielle. Le chauffeur attendait l'ouverture d'un portail. Quand les grilles ont été suffisamment écartées, il a avancé de quelques mètres et garé la voiture.

– Où on va ? ai-je demandé.

On m'a tiré dehors et traîné en haut d'une volée de marches, jusque dans une pièce équipée d'un grand bureau et de deux chaises.

J'ai senti la peur me submerger. La dernière fois qu'on m'avait enlevé, mes ravisseurs avaient suggéré de m'éliminer. J'étais terrifié à l'idée de ce qui pouvait se passer cette fois-ci.

J'ai regardé autour de moi. À ce moment est entré un type bedonnant en costume sombre, avec une cravate à pois rouges dans laquelle il avait piqué un énorme diamant. Ses cheveux rares, peignés en arrière, découvraient un front tavelé luisant de sueur. En dessous, ses traits se bousculaient les uns contre les autres comme s'ils essayaient de s'échapper de son visage boursouflé.

– Qui êtes-vous ? ai-je crié en m'efforçant de jouer les courageux. Pourquoi m'avez-vous amené ici ?

Une fille est apparue derrière lui, dans le bureau. J'avais beau trembler de peur, je ne pouvais détacher mon regard d'elle. Son épaisse chevelure sombre était entremêlée de rubans et de fils brillants, et le maquillage le plus étrange que j'avais jamais vu cernait ses yeux, comme un soleil levant figuré par des rayons vert et or partant en éventail dc ses paupières. Quand elle se déplaçait, sa jupe vert et or ondulait autour de ses jambes. Elle a fixé sur moi ses yeux gris et froids ; j'ai eu l'impression d'être hypnotisé.

On m'a poussé sans ménagement sur une chaise avant d'enrouler autour de mes poignets deux larges bandes de ruban adhésif. Il était inutile de résister. Sous l'effet de la terreur, mon cœur s'est emballé.

– Je vous ai dit tout ce que je savais quand vous m'avez enlevé la dernière fois. Quand la femme m'a interrogé.

– La femme ? Quelle femme ? Elle était comment ? a crié le Boursouflé.

– Rousse, avec des lunettes de soleil violettes, ai-je lancé spontanément.

Mais qu'est-ce que je racontais ? Je ne l'avais même pas vue !

Le Boursouflé s'est tourné vers Gilet Rouge :

– Elle l'a déjà contacté ! Je vous avais dit qu'il fallait agir vite ! Elle a assisté au colloque. Il est possible qu'ils aient pris de l'avance sur nous !

Ils la connaissaient ?! J'étais abasourdi. Il était maintenant évident que deux groupes de criminels s'intéressaient à la Singularité Ormond.

Le Boursouflé a pivoté vers moi.

– Alors, Cal Ormond, que lui as-tu dit ?

– Qui êtes-vous ?

– Que lui as-tu dit ? a-t-il répété lentement sur un ton plein de colère. Comment la connais-tu ?

– Je ne la connais pas ! Je croyais que vous, vous la connaissiez !

Le visage du Boursouflé a viré au violet foncé. Sans prévenir, il a craché par terre et écrasé avec rage la marque humide d'un coup de talon.

– Si je la connais ! Voilà ce que j'en fais ! Tu veux savoir qui je suis ? Qui veut lui dire qui je suis ? a-t-il mugi en défiant les autres du regard.

– Non ! ai-je hurlé. Je m'en fiche ! Laissez-moi partir ! Je ne raconterai à personne ce qui s'est passé !

– Il ne le racontera à personne, a ricané Gilet Rouge.

Puis il a ajouté en me dévisageant :

– Tu n'as pas l'intention d'aller chez les flics, hein ?

– Il s'appelle Vulkan Sligo, a dit une voix derrière moi. C'est bien lui.

Vulkan Sligo ? Je connaissais ce nom. Je l'avais vu dans les journaux et entendu aux infos. Vulkan Sligo, surnommé Le Bouffi, était un truand qu'on mentionnait parfois en l'associant à un célèbre parrain de la mafia, Murray Durham, dit Coupe-orteils. Mon père avait réalisé un documentaire sur Sligo deux ou trois ans plus tôt. On n'oublie pas un tel nom. J'ai vivement tourné la tête pour voir qui avait parlé. Un autre costaud en veste et pull noirs avait surgi derrière moi.

Les avertissements de mon père se bousculaient dans ma tête. Désormais, je savais avec certitude que ma vie était en danger. Non seulement j'étais recherché par la police, mais j'étais pris en tenaille entre deux bandes rivales de gangsters. Deux !

Toutes les deux étaient sur la piste du secret de mon père, et elles essayaient de m'extorquer la même information. D'abord la femme, et maintenant le gang de Vulkan Sligo.

– Nous savons que ton père t'a écrit d'Irlande, alors pas la peine de nous mener en bateau. Qu'est-ce qu'il t'a dit sur l'ange ?

L'ange. Tout le monde voulait des informations sur l'ange. Y compris moi ! Mais j'étais bien décidé à ne rien livrer à ces truands. Je leur ai jeté un regard de défi, toutefois ma voix tremblait quand j'ai déclaré :

– Il n'a jamais mentionné d'ange.

– Nous avons appris par l'hôpital que tu as reçu des dessins que ton père a faits.

Comment le savaient-ils ? Puis j'ai pensé à la femme qui m'avait téléphoné, Jennifer Smith. J'ai ignoré sa remarque.

– OK, on va essayer autre chose. Que sais-tu sur l'Énigme Ormond ? Et sur le bijou ?

– Rien ! J'en ai seulement entendu parler, et c'est uniquement parce que des tas de gens que je ne connais pas – d'abord cette femme et maintenant vous – n'arrêtent pas de m'enlever pour me poser des questions !

J'étais furieux. Et je ne supportais plus d'avoir les bras entravés.

– Si je savais quoi que ce soit sur ce foutu ange, ce foutu bijou ou cette foutue énigme, je vous le dirais ! Mais je ne sais rien du tout. Laissez-moi partir.

Par miracle, j'avais réussi à m'exprimer d'une voix ferme et forte.

23:43

Ma tirade n'a servi à rien. Les questions ont continué, toujours les mêmes, et mes réponses ont continué, toujours les mêmes.

Gilet Rouge m'a giflé de toutes ses forces.

– Tu ferais mieux de cracher le morceau.

« Ou sinon ? » ai-je pensé.

– Va ouvrir la cuve ! a ordonné Sligo avec un mouvement du menton.

D'un coup de pied, Gilet Rouge m'a fait valser avec ma chaise vers la fenêtre. Puis il m'a tourné la tête de façon que je voie la cour, en contrebas. Ensuite, il a quitté la pièce.

Dehors, une lampe s'est allumée automatiquement. J'ai vu Gilet Rouge sortir, se pencher en avant et soulever un objet qui ressemblait à une plaque d'égout.

– C'est notre cuve à mazout, a expliqué Sligo avec un sourire très déplaisant. Tu vois ce camion-citerne là-bas ? Il va y déverser son chargement d'une minute à l'autre, dès qu'on actionnera la pompe.

Je préférais ignorer pourquoi Sligo me donnait ces informations.

Entre-temps, Gilet Rouge était revenu. Il a fait pivoter ma chaise pour que Sligo me regarde droit dans les yeux.

– Écoute, petit, a-t-il grondé. C'est le moment de te décider.

J'étais réellement terrorisé à présent.

– Ou tu me dis sur-le-champ ce que je veux savoir à propos de l'ange et de l'énigme, ou je te jette dans la cuve et je la fais fermer hermétiquement puis remplir à ras bord. Jamais on ne te retrouvera. Mais ne t'inquiète pas, tu ne mettras pas longtemps à mourir.

– Vous devez me croire ! me suis-je écrié d'une voix chevrotante.

Tout mon corps tremblait.

– Si je savais quoi que ce soit, je vous le dirais ! Je le jure !

– Ça suffit, a lancé Sligo. J'en ai fini avec lui. Descendez-le.

Gilet Rouge a déchiré le ruban adhésif qui me retenait à la chaise.

– Non ! Je vous en prie ! Je ne veux pas mourir ! Je ne sais rien ! Sinon je vous le dirais !

Je dégoulinais de sueur. J'ai jeté un coup d'œil autour de moi pour repérer la fille aux yeux étranges – elle ne supporterait sûrement pas qu'on m'inflige un châtiment pareil. Mais je ne l'ai vue nulle part.

Gilet Rouge a arraché la dernière bande d'adhésif et m'a soulevé de la chaise d'un geste brutal. Sligo s'est dirigé vers la porte et, au passage, a jeté mon sac à dos à la poubelle.

– Je vous en supplie ! Je vous jure que je ne sais rien sur l'ange. Tout ce que je sais, c'est qu'il existe des dessins !

Sligo a marqué une pause sur le seuil, le temps de se retourner et de dire :

– Débarrassez-vous de lui.

23:50

Je n'ai pas arrêté de hurler et de me débattre furieusement pendant qu'on me traînait hors du bureau puis en bas des marches.

Gilet Rouge m'a tiré jusqu'au bord du trou noir béant de la cuve à mazout.

– Non !

Mais il était trop costaud pour moi. Malgré mes efforts désespérés, je suis tombé à moitié dans l'ouverture circulaire en me cognant les tibias contre les barreaux d'une échelle en fer. J'ai essayé de ressortir aussitôt, Gilet Rouge m'a balancé un violent coup de talon et m'a contraint à redescendre en claquant sur moi la plaque d'égout ; elle a failli me sectionner les doigts.

Il faisait un noir d'encre là-dessous. Accroché à l'échelle, je réfléchissais à toute vitesse pour trouver un moyen de m'échapper. Une fois qu'ils seraient partis, je pourrais peut-être soulever la plaque et m'extraire de ce cachot. J'ai tenté de la pousser. Elle était bloquée.

23:56

J'ai tâté à l'aveuglette les murs qui m'entouraient. L'air empestait le mazout. Mes semelles glissaient sur le sol, j'avais du mal à rester debout. La cuve semblait de la taille d'une petite salle de bains. En me dressant sur la pointe des pieds, je touchais le plafond.

Il n'y avait pas d'issue.

L'espace d'un instant, un raclement métallique m'a fait espérer que mes ravisseurs avaient changé d'avis et revenaient me libérer. Mais ce que j'ai vu ensuite m'a rempli d'une horreur inimaginable.

Un couvercle avait été retiré pour fixer l'embout d'un tuyau métallique. Quelques secondes plus tard, le tuyau a commencé à cracher un épais mazout. Ils remplissaient la cuve ! Avec moi à l'intérieur ! Si je ne sortais pas en vitesse, j'allais mourir noyé.

Le mazout recouvrait déjà mes chaussures. Je me suis agrippé à l'échelle pour remonter. Ma tête a heurté la plaque. Je l'ai martelée de coups de poing en hurlant :

– Laissez-moi sortir ! Laissez-moi sortir ! Vous ne pouvez pas faire ça !

Le tuyau continuait à cracher son mazout nauséabond dans la cuve. Accroupi au sommet de l'échelle, le plus haut possible, j'ai repoussé de toutes mes forces la plaque d'égout avec mon dos et mes épaules. Elle n'a pas bougé d'un millimètre.

J'ai réussi à me recroqueviller sur le dernier barreau en priant pour que le mazout arrête de se déverser. Mais il coulait encore et encore. J'ai senti sa masse infecte et visqueuse engloutir mes pieds, mes tibias, mes genoux.

Rassemblant toute mon énergie, je me suis jeté une fois de plus contre la plaque, mais rien à faire.

Le mazout avait déjà recouvert mes jambes et j'en avais à présent jusqu'à la taille. J'étais obligé de garder les mains en l'air pour éviter le contact de sa moiteur suffocante.

Le liquide huileux se répandait toujours. Je le sentais escalader lentement ma poitrine. Alourdis par sa densité, mes bras et mes jambes pouvaient à peine remuer. Sa puanteur m'étouffait.

C'était la fin. Je ne reverrais plus jamais ma famille.

J'ai fermé les yeux en pensant à Gaby, dans le coma à l'hôpital. J'ai prié pour qu'elle s'en sorte. J'ai pensé à ma pauvre mère, si seule, si désorientée. J'ai pensé à mon père. Il m'avait déjà sauvé de la noyade, mais cette fois il ne pourrait pas m'aider. Il avait eu une confiance totale en moi et je ne m'étais pas montré à la hauteur... Enfin, j'ai pensé à Boris, mon ami, en espérant qu'il tiendrait sa promesse.

Lorsque le mazout a effleuré mon menton, j'ai pris une profonde inspiration et j'ai fermé la bouche. Le niveau montait toujours aussi vite. J'ai craché pour débarrasser mes lèvres de cette immonde substance et j'ai tenté désespérément de me hisser encore plus haut. Mais ma tête touchait déjà la plaque. D'une minute à l'autre, ma bouche serait recouverte, puis mon nez... et alors je mourrais.

Cal parviendra-t-il à échapper à ses ravisseurs ?

Pourra-t-il décrypter les dessins de son père ?

Résoudra-t-il l'Énigme Ormond ?

La réponse en librairie
dès le 13 janvier 2010 dans

CONSPIRATION 365

FÉVRIER

L'auteur

Née à Sydney, Gabrielle Lord est l'auteur de thrillers la plus connue d'Australie. Titulaire d'une maîtrise de littérature anglaise, elle a animé des ateliers d'écriture. Sa quinzaine de romans pour adultes connaît un large succès international.
Dans chaque intrigue policière, elle attache une importance primordiale à la crédibilité et tient à faire de ses livres un fidèle reflet de la réalité.
Elle a suivi des études d'anatomie à l'université de Sydney, assiste régulièrement aux conférences de médecins légistes, se renseigne auprès de sociétés de détectives privés, interroge le personnel de la morgue, la brigade canine ou les pompiers, et effectue aussi des recherches sur les méthodes de navigation et la topographie. Au fil du temps, elle a tissé des liens avec un solide réseau d'experts.
Depuis plusieurs années, Gabrielle Lord désirait écrire des romans d'action et de suspense pour la jeunesse. C'est ainsi qu'est née la série *Conspiration 365*, qui met en scène le personnage de Cal Ormond, adolescent aux prises avec son destin.

Impression réalisée par

CPI
Brodard & Taupin

La Flèche

pour le compte de Rageot Éditeur
en août 2009

Imprimé en France
Dépôt légal : novembre 2009
N° d'édition : 4966 - 01
N° d'impression : 53710